講談社文庫

まほろばの王たち

仁木英之

JN211867

講談社

目次

主要登場人物一覧

広足《ひろたり》　物部《もののべ》の姫。秘宝・天日槍《あめのひぼこ》を受け継ぐ。

賀茂大蔵《かものおおくら》　賀茂の族長。飛鳥《あすか》の治安を任されている。

賀茂役小角《かものえんのおづぬ》　賀茂の験者《げんじゃ》。山を自由に歩くことを許されている。

中大兄皇子《なかのおおえのおうじ》　のちの天智《てんじ》天皇《てんのう》。乙巳《いっし》の変で蘇我《そが》氏を滅ぼす。

中臣鎌足《なかとみのかまたり》　中大兄の側近。変以降、内臣《うちつおみ》として政《まつりごと》を行う。

阿倍比羅夫《あべのひらふ》　朝廷随一の武人。聡明にして豪傑。

坂上老《さかのうえのおきな》　比羅夫が信を置く武人。

蘇我石川麻呂《そがのいしかわのまろ》　物部を滅ぼした武人。変では中大兄につく。

大海人皇子《おおあまのおうじ》　のちの天武《てんむ》天皇《てんのう》。中大兄の弟。

鸕野讃良《うののささら》　のちの持統《じとう》天皇《てんのう》。中大兄の娘。

蹴速《けはや》　大海人の舎人《とねり》。人狼。

洗糸《あらいと》　大峯《おおみね》の長。玉置山《たまきさん》の土蜘蛛《つちぐも》を率いる姫。

保呂《ほろ》　都祁《つげ》の長。ただ一人で民を守る少年。

コンガラ・セイタカ　不動明王《ふどうみょうおう》の眷属《けんぞく》。小角になついている。

一言主《ひとことぬし》　賀茂の族神。葛城山《かつらぎざん》の神。

国常立《くにのとこたち》　土蜘蛛の族神。大峯の神。

風早《かぜはや》　大峯に眠る古《いにしえ》の神。

鬼　人を喰らう。

神喰《かみく》い　神を喰らう。

まほろばの王たち

序章

ある日帰ると、家が燃え落ちていた。

そろそろ一日の仕事が終わる夕刻前のことだ。厨房《ちゅうぼう》で額の汗を拭《ぬぐ》っている少女のもとに一人の男が駆け寄ってきた。近所に住む、東宮《とうぐう》の牛の世話をしている男だ。

「広足《ひろたり》さん、あんたの家が燃えてるよ！」

理解するのにしばらくかかったが、広足は慌てて駆けだした。

宮殿から伸びる大路《おおじ》は、二十人の兵士が横に並んでもまだゆとりがあるほどに広い。

だが、道が広すぎて進んでいる気にならない。急いでいる時はなおさらである。

大路から外れ、草葺《くさぶき》の家が建ち並ぶ一角に差しかかって彼女は足を止めた。長い髪は乱れて額には汗が浮いている。悪夢ではないかと何度も目をこすったせいで、くっきりした二重《ふたえ》の瞼《まぶた》は三重《みえ》になっていた。

火事は辺りを巻き込んだわけではなく、ただ、一軒だけを燃やして消えたらしい。家の名残といえば地面に残った黒く焦《こ》げた残骸《ざんがい》くらいのものだ。

「どうしてこんな目に……」

火の不始末かと思ったが、家の残骸をよく見ると、踏みつぶされたように壊され、その後に火をつけられたようであった。都にはびこる噂を思い出して、彼女は辺りを見回した。

鬼が出たのか。

都には恐ろしい噂がはびこっていた。鬼が家を襲って荒らし、住まう人魂を喰《く》らう、というものである。だが、周囲の家々は無事だった。

蘇我《そが》の仕業か……。

広足はため息をつく。蘇我が相手ならどうしようもない。相手は権勢《けんせい》の限りを尽くす一族なのだ。

潤みそうになる目にぐっと力を入れて堪《こら》える。広足はまだ熱の残る灰の中で必死に探し始めた。周囲には野次馬《やじうま》が集まっているが、誰も助けてくれようとはしなかった。後の祟《たた》りを恐れていることは、彼女にもわかっていた。

やがて焼け焦げた家の下から、一本の古く錆《さ》びた槍が見つかった。

「あった……」

物部《もののべ》の族宝として伝わる、天日槍《あめのひぼこ》である。これは食べ物や衣に換えるわけにはいかない。広足は額の汗をふいて焦げた柱をどけようとして、動きを止めた。

小さなトカゲがいる。だが、ただのトカゲではない。その背中に炎を背負っていた。広足を見上げて威嚇《いかく》するように口を開き、小さな火の玉を吐《は》き出した。

「妖《あやかし》じゃ、妖じゃ」

「日もあるうちに姿を見るとは恐ろしい」

遠巻きに見物していた者たちは騒ぎたて、慌てて家に駆け込むと戸を閉ざしてしまった。広足はため息をつき、中指と人差し指を立てて胸の前におき、静かに印を結ぶ。

「ひのかみほむすびのみことの、いともくしびなるみたまのふゆにむくいたてまつらん……禁！」

すると火トカゲは驚いたように飛び上がり、自らの炎の中へと身を投じて姿を消した。

飛鳥《あすか》は小墾田《おはりだ》にある都の外れに、低位の者たちが暮らす一角があった。

広足の名は、正しくは物部韓国《からくにの》連《むらじ》広足、という。

物部氏は古く、そして強い一族であった。神代《かみよ》の昔から大和《やまと》の朝廷に仕《つか》えて軍権を任され、その勢威は並ぶ者がなかったという。

広足の家が無残《むざん》に燃え落ちた日から遡《さかのぼ》ること六十年のことだ。彼女の祖である物部守屋《もりや》は、当時権勢を競っていた蘇我馬子《うまこ》と厩戸皇子《うまやどのおうじ》の軍に大敗を喫《きっ》し、その後没落した。大陸から伝わった仏教の是非という表向きの理由はあったが、結局は、朝廷が強くなりすぎた物部の力を嫌ったのだ。

没落した後も、一族はかつての栄光を少しでも取り戻すべく力を尽くした。

広足の父母には男子が生まれなかったため、娘のうちでもっとも才があると見込まれた広足は、医薬の術を学ばされた。さらに「富貴《ふうき》から見放された我らには、医薬の術だけでは心もとない。他にももう一つ、かつての栄光を取り戻すための技を手に入れよ」と父に命じられて選んだのが、呪禁《じゅごん》の術であった。だが、財もってもない彼女は良き師に恵まれず、ようやく教えることを承諾《しょうだく》してくれた術師にも、父の死後は満足な教授料さえ払えなくなった。

何とか身に付けた術は、小さな妖を退《しりぞ》けるのがせいぜいといったところである。

全部燃えてしまった。

「悲田院《ひでんいん》に行こう」

しばし途方に暮れた後、広足はそう決心した。推古帝《すいこてい》が創設した、貧しい民の世話をするこの施設こそ、彼女が働く場所であった。悲田院には施薬所《せやくじょ》も設けられている。

広足は槍を担ぎ、大路の端をとぼとぼと歩いて行った。お気の毒に、と呟く人々の目も気にしないようにした。こちらが明るく胸を張っていれば、陰口はやがて陰の力となって口にしたものを追いつめていくのだ。

だが、悲田院に着く前に一人の娘が声をかけてきた。

「広足！」

籠《かご》に洗った布を山積みにし、袖《そで》を肘《ひじ》までまくった娘は心配そうに広足を見つめた。

「聞いたよ。家、燃えちゃったんだってね」

ふっくらした頬が健康そうに紅《くれない》に染まっている。韓《から》から来た商人、広山頭《こうさんとう》と先帝の采女《うねめ》だった女の間に生まれた娘だ。朝廷との結びつきが欲しい広山頭の命で、悲田院で働いている。

「蘆日《あしび》……」

広足の視界がふいに歪《ゆが》んだ。

「どうしよう……」

しばらく考え込んでいた蘆日は、大丈夫、と胸を叩いた。

「うちに来るといいよ。父さまもきっと許して下さるわ」

安堵《あんど》した広足は友にもたれかかるように抱きつき、声を上げて泣いた。

第一章

一

入ってはならぬ谷、というのがある。

形は美しくとも、乾き、枯れた巨木が横たわり、谷の中央に巨石が転がっているような場所だ。

谷なのに乾いているということは、地下に流れが隠れているということ。一たび山に大雨が降れば、濁流となって表に現れる。枯れた巨木や大石が転がっているのは、上流から強い力で押し流されたことを意味する。

流れから逃れられなかった魚や獣は命を落とし、やがて腐って臭気《しゅうき》を発する。じっとりと暑い夜気の中、吐き気をもよおすような悪臭は一際強い。

幼い頃に入ってはならぬと厳しくしつけられた場所に足を踏み入れるのは気が重い。だが、仕《つか》える相手が入ると言うのだから仕方ない。

男は岩の間を跳ぶようにして進む。足元の石に何度もつまずきながら後を追う。

「広足《ひろたり》」

大きな背中が不意に視界に一杯になって、広足はよろめいた。男から強い香の匂いがして思わず一歩離れると、その肩越しに異様な影が立ち塞がっているのが見えた。

三丈はありそうななめくじに似た虫が、瘴気《しょうき》を発しながら彼らの行く手を阻《はば》んでいた。

「大蔵《おおくら》さま……」

「慌てるな。蘇我《そが》の放った妖《あやかし》ではない。この谷の気配に惹《ひ》かれて住みついたものだろう」

人に崇敬《すうけい》されることなく地に伏しているものを、大蔵たちは妖と呼んでいた。これほどまでに大きな妖は見たことがない。

大蔵は袖《そで》から数枚の符《ふ》を取り出す。符には古き文字が記されている。「験者《げんじゃ》」と呼ばれる人たちが祈りを込めて書いたものだ。彼はそんな験者の集団、賀茂《かも》氏の長《おさ》である。武人のように鍛え抜かれた分厚い肉体と、その体格に見合った厳い容貌は威厳に満ちていた。

「ひとふた　みよ　いつ　むゆ　なな　やは　ここの　とおなりけりや布瑠部由良由良止《ふるべゆらゆらと》
布瑠部《ふるべ》……」

十枚の符がうなりを上げて大蔵の手から放たれると、妖の周囲を取り囲んだ。なめくじが唾を吐きかけ、それが大蔵にかかる。ねっとりとした液体は大蔵の衣を溶かし、闇の中で煙を噴き上げる。だが大蔵は動じず呪《じゅ》を唱《とな》え終わると、

「禁！」

と気合を発する。符が輝き、それぞれが手をとり合うように伸びて繫がる。暗き谷に光が満ち、妖が身をよじらせ、悲鳴を上げた。

「我が力に、屈せよ！」

大蔵が胸の前で手を合わせ、さっと開いた。符を結ぶ光は刃となって、妖の体に喰い込む。

しばらく苦悶《くもん》していた妖が動きを止め、肌の色を青く変えて身を震わせると、広足はあまりの臭気に気を失いそうになった。大蔵も思わず顔をしかめたすきに、妖は谷の土へと潜り込んでいった。

「そろそろ都の場所も考えた方がいいな。最近は人を攫《さら》ってその魂魄《こんぱく》を喰らう鬼が出

るともいう。知っているか」

「ええ……」

「鬼、か」

大蔵はどこか楽しげに呟きつつ、妖の消えた辺りを踏んで回る。煙が立ち、断末魔《だんまつま》のような叫び声が聞こえた。

楽しげだった大蔵の表情が苦しげなものに変わり、呼吸が荒くなっている。広足は思わず身を縮めた。妖を封じた後、大蔵は必ずこうなる。

「まだ少し時間がある」

大蔵は空を見る。

「広足、飯を作れ」

「こんな所では無理です」

「どこでも腹は減る。それにお前の作る食事は我が力を高めてくれる」

岩の上にどかりと座り、大蔵は瞑目《めいもく》した。広足はため息をつきつつ、石を組んで即席の竈《かまど》を作る。行李《こうり》の中から小さな鍋と米、そして干し肉を束ねたものを取り出した。

「水がありませんが」

湿ってはいるが、穢《けが》れて乾いた谷である。

だが大蔵は気にすることなく、澱《よど》んだ水たまりを指した。

「あの水は清らかではありません……」

呪禁《じゅごん》の術は祓《はら》いと清めである。穢れたものを清める術は広足も使えるが、それも程度による。

「さっさとやれ」

空腹になると不機嫌になるのが、この男の面倒なところであった。

星明かりを頼りに石を打ち、持参した火種の木屑を使って火を起こす。呪を唱えつつ水を清めて米を炊き、そこに鹿と山鳥の干し肉をいれ、最後に葱《ねぎ》を刻んで彩りを添えた。大ぶりの木の椀に盛って大蔵に渡すと、ほとんど嚙《か》まずに腹に収めた。

「よし」

もともと逞《たくま》しい大蔵の肉体に気力が漲《みなぎ》って、一段と圧が増したように思える。

「うまかった」

と立ち上がる姿は、験者の長にふさわしいものであった。

二

饐《す》えた臭いのする谷を登ると、すぐに尾根筋に出た。

「都だ」

まだ夜は明けきっていないが、東の山の端はぼうっと白く色を変え始めている。足元が明るくなり、ようやくけつまずかずに歩けるようになった。

朝の政《まつりごと》は夜明けから始まり、昼には終わる。

「既に舎人《とねり》たちは準備を始めているな」

大蔵は闇の向こうが見えるかのように言った。

「広足には見えるか？」

「いえ……」

「手伝ってやろう」

ざらざらした手のひらが首に触れる。一瞬肌が粟立《あわだ》って、すぐに消えた。目の周りが熱くなると同時に、闇の中にぼんやりと浮かんでいた飛鳥《あすか》の宮がはっきりと浮かび上がる。

広足が望めば、どのような細部をも見通すことができた。美しく均《なら》された板葺《いたぶき》の屋根は、槙《まき》の大木から切り出された重厚なものだ。幅は三丈。厚みは三寸三分もあるという。大極殿《だいごくでん》を中心に東西五十丈、南北七十丈にも及ぶ広大な敷地に官衙《かんが》が整然と建ち並んでいる。

大蔵の言う通り、舎人たちが大極殿の周囲を慌ただしく動き回っている。

人々の中心となっている若者の姿が見えた。多くの者が次々に彼の前に膝《ひざ》をつき、指示を仰ぐ。若者は即座に断を下しているのか、すぐに人々は立ち上がり、四方に散っていった。

「あれは……中大兄皇子《なかのおおえのおうじ》さま」

「そうだ。鎌足《かまたり》も一緒だな」

大蔵の言葉が向けられた方に、広足の視線も移る。小柄な皇子を守るように、四角い体つきをした男が油断なく周囲を警戒しながら指示している。

「鎌足め、張りきっているな」

一方、皇族の住む東宮《とうぐう》の周囲には軍勢が集まりつつあった。松明《たいまつ》も持たず、皇子たちを取り囲んでいるように見える。

広足は朝廷の情勢に詳しくないし興味もなかったが、大蔵は大好きなようでよく語っていた。

当時人々は、二人の帝がいると囁《ささや》き合っていたものである。中大兄の母である寶《たからの》女王《ひめみこ》こと皇極天皇《こうぎょくてんのう》と、蘇我氏の長、入鹿《いるか》であった。入鹿は父の蝦夷《えみし》から権力を引き継ぐ形で辣腕《らつわん》をふるっていた。

入鹿は実に優秀で、推古帝《すいこてい》と厩戸皇子《うまやどのおうじ》が行おうとしていた天皇家中心の政を、古《いにしえ》から続いていた豪族たちの合議制へと戻すことに熱心であり、半《なか》ば成功していた。これが天皇家に近い者たちの強い反感を買っていたのだ。

「出来が良すぎるとかえって揉め事のもとになるものだ。相手が恐怖を抱くほど優秀だと、敵意ではなく殺意を抱かれる」

兵たちの動きを眺めつつ、大蔵は静かに言った。

「む……あれに見えるは蘇我の石川麻呂《いしかわのまろ》の手の者か。やはり蘇我一族を裏切るつもりだな」

そして広足の方を見ずに、

「恨みを晴らせるぞ。気分はどうだ」

と訊ねた。

「何とも思っておりません」

「本当か？　主である俺の前では本音を言え」

傲然《ごうぜん》と命じられても、広足は顔を伏せるだけでやり過ごした。

この時、当代きっての験者と都に名高かったのは、この賀茂臣大蔵という男である。

大国主《おおくにぬし》の子、大田田根子《おおたたねこ》を祖として、大和《やまと》の葛城《かつらぎ》と山城《やましろ》の葛根《つなね》に居をおく賀茂氏は、神武《じんむ》を熊野《くまの》から大和に導いた八咫烏《やたがらす》の血を受け継ぐ、とされていた。

古くから賀茂の一族は呪禁の術にすぐれ、特にこの大蔵の験力《げんりき》は比類なきものとしてあがめられていた。

家が燃え、行くところがなくなった広足は、友の蘆日《あしび》の家に養われることになった。朝廷と付き合いの深い商人のもとには、来客が多くある。その中の一人に、験者の大蔵がいた。

そこで広足が作った料理を口にした彼が、

「あの娘を我が庖丁《ほうちょう》としたい」

と広山頭《こうさんとう》に申し出たのである。多くの金銀が支払われ、広山頭も同意したという。

蘆日は謝っていたが、広足はむしろ感謝していた。大蔵の呪禁は広足も噂で聞いていたから、いずれその術を学んで生きる糧《かて》にできるかもしれない、と考えたのである。

もちろん、友の家で世話になり続けているのも気が引ける。

だが広足を引き取った後、大蔵は広足に本格的に術を教えることはなく、仕事となれば連れて歩き、食事を作らせていた。

確かに広足は、悲田院《ひでんいん》で炊事《すいじ》をこなすこともあったが、それは大鍋で煮る粥《かゆ》の類《たぐい》で、位の高い者を満足させるものではない。その旨を言うと、

「では学べ。学んで俺の舌を満足させ、術の助けとせよ」

と言うので、朝廷の厨師《ちゅうし》について料理を学んだりはしている。

「広足、気をつけろ。いつ、蘇我の験者が仕掛けてくるかわからぬ」

大蔵が右手を挙げる。袖がめくれ、太い腕が露わになった。蛇が絡みついたような刺青《いれずみ》が施されている。その紋様《もんよう》が色を変え、青から赤へと変わっていった。

肌に刻み込んだ術式が膨れ上がり、その中から一本の槍が姿を現した。

「誰が来ようと、お前の天日槍《あめのひぼこ》で退けてくれよう」

美しい、銀光を放つ長槍であった。広足が大蔵に術を授けてくれるよう願った時、大蔵が代価《だいか》として求めたのは一族の宝である槍であった。

天日槍はこれより七百年ほど前、垂仁《すいにん》天皇の御世に海を渡ってきた七つの宝、羽太《はふと》の玉《たま》、足高《あしたか》の玉《たま》、赤石《あかいし》、刀、矛《ほこ》、鏡《かがみ》、熊《くま》の神籬《ひもろぎ》と共にやってきた韓《から》の王子が変化したものといわれているが、いつしか物部《もののべ》氏の宝となった。

戦となれば物部氏はこの槍を先頭に掲げ、その威光に多くの敵が戦わずして屈服したと伝えられている。そして武勇と験力のすぐれた者が手に取れば、無双《むそう》の武器となるはずであった。

だが、蘇我氏と戦った物部守屋《もりや》はなぜか最後まで天日槍を使わず、何とか存続を許された物部の蔵の奥に、空《むな》しくしまわれることとなっていた。広足はこの槍を父から受け継いではいたが、使い方もわからずそのままにしていた。

槍は大蔵の命にも従わず、物部の血を引く広足の助けとなることはなかった。だがいずれ術を学んで槍を使えたら、とひそかに願ってはいる。

夜は明け、飛鳥の小天地を一望のもとに見渡せる甘樫岡《あまかしのおか》の上に立つ大蔵は、ひとかどの王のように堂々と胸を張り、口元には笑みを浮かべていた。

「ほう、石川麻呂は腹を括《くく》ったな」

石川麻呂は蘇我の有力者であり、娘の遠智《おち》が中大兄の妃《きさき》となっている。中大兄皇子を中心とした政変、いわゆる「大化の改新」乙巳《いっし》の変は、彼が三韓《さんかん》の表文を帝の前に開いて奏し、入鹿たちの注意を引きつけた瞬間に始まる。大蔵の助けなしに、広足には宮中が見えない。外から襲い来る者を打ち払うための兵たちが一斉に宮殿を向くのが見えるのみだ。

「裏切りが始まるぞ」

その時、都の中央にある大極殿の門から土煙が上がった。板塀《いたべい》で囲まれた宮殿のあちこちからも煙が上がり、その周囲で暮らす官吏《かんり》たちも騒動に気付いて、あちこちに篝火《かがりび》が焚《た》かれ始めた。

大極殿を守り抱えるように流れる飛鳥川の水面に炎が映っている。

蘇我の兵たちが右往左往し、槍に貫かれている。戦で死ぬ者の表情は、広足が悲田院で見てきた死者たちよりも苦悶が甚《はなはだ》しく、見ているのはつらかった。

広足は大極殿に視線を戻して驚いた。

剣の山が動いている。それも、巨大な山である。大極殿の柱は人の背丈の五倍はあるが、その上端に手が届きそうな剣の山は羆《ひぐま》の姿となって、立ち上がった。

「あれは……？」

「蘇我一族の比咩神《ひめがみ》、だな」

大蔵は驚きもせず、そう答えた。

剣の体毛を持つ羆に向けて、石川麻呂の軍から無数の矢が放たれた。だが、剣の山に敵《かな》うわけもなく、逆に背から飛んだ刃によって多くの兵が体を両断されて倒れ伏す。

「そろそろ行ってやるか」

大蔵の手にある天日槍は槍頭から煌々《こうこう》と白い光を放ちつつ、一瞬身をよじったように見えた。

「ついてこい」

大蔵は言うなり、走り出した。広足も慌てて従う。

験者として四方へ赴《おもむ》く大蔵といるうちに、足腰も強くなった。それでもみるみる離されていく。大蔵が山犬のような獰猛《どうもう》さと速さで宮殿前まで走り着き、槍を振るって蘇我の比咩神へと突きかかるのが見えた。

「蘇我入鹿、不敬により討《う》ち取った！　皆天皇に服することを誓え！」

宮殿から鎌足の声がする。比咩神がまき散らした剣が大蔵へ向かって飛ぶが、彼は槍を舞わせて叩き落とす。数本が広足へも飛んできたが、跳躍《ちょうやく》して避けた。

「蘇我の比咩神よ、聞いたか。もはや戦うことは無駄となった。我がしもべとなれ。そうすれば、これからも神として人に敬される地位を約束してやろう」

ようやく追い着くと、大蔵が傲然と命じたところであった。

ますます猛《たけ》りたった比咩神は剣の体毛を逆立てて大蔵へと殺到《さっとう》する。物部の天日槍は光を放ち、その光は神の目を射た。

「滅びた者の槍を受けて滅びるのも、当然の報《むく》いだな」

槍を回して跳躍した大蔵は、羆の喉元目《のどもと》がけて天日槍を突き下ろす。剣は砕かれ、血しぶきが飛んだ。

「滅びる者はみな時を知らぬ」

槍の穂先を何度も繰り出し、大蔵は笑う。

「ただ滅ぼすのも勿体《もったい》ない」

動きを止めた羆の傷口に、大蔵は槍を突き刺し、肉を抉《えぐ》り取った。

神の血が騎者の肌を焼き、その様を正視していられずに数人の兵が嘔吐《おうと》する。

不意に大蔵が動きを止めた。

「こいつめ、まだ生きている」

神は死なない、と広足は父に教えられていた。だが大蔵は、神など人と何も変わらぬと言っていた。人と同じく生まれて死に、その血肉は、術の助けとできる、と。

大蔵がさらに抉ろうとした時、比咩神の爪が大蔵の肩口に突き刺さった。大蔵は悲鳴を上げて神の体から滑り落ちる。天日槍も取り落とし、比咩神が槍を蹴り飛ばした。

符を宙に投げた大蔵は五角の星型の結界を作り、「我が力に、屈せよ！」と叫んだ。

だが、比咩神の動きは止まらない。爪は巨大な刃となり、大蔵の体を打ちすえる。押されているように見えた大蔵は、不意にのどを反らせて笑った。

「その程度か、蘇我の神よ」

大蔵の隆々《りゆうりゆう》たる体躯《たいく》を覆っていた紅が飛沫《ひまつ》となって飛び散ると、傷は消えていた。

「蘇我の神よ、もはや都にお前の居場所はない」

大蔵の喉がきしむような音を上げると、兵たちの間に転がり落ちていた槍が、自ら大蔵の腕へと戻った。比咩神は猛り、雄叫びをあげて大蔵の首を薙《な》ごうとし、動きを止めた。天日槍が、その太い胴を貫いていたのである。

三

乙巳の変から数日して、大蔵は内裏《だいり》に呼び出された。葛城の山麓にある檜皮葺《ひわだぶき》の屋敷から飛鳥の都まで歩いて一刻もかからない。

「物部の仇敵《きゆうてき》が滅び、さぞや心がすいたであろう」

この日もつき従っていた広足が師の言葉に頭を振ると、

「何故満足せぬ」

と驚いたように訊ねられた。

「気の毒に、と思いました」

広足が感じたままを言うと、大蔵は一つ鼻を鳴らした。焼け崩れた宮殿の塀が修繕されている横を、二人は進む。政変の夜に感じた蒸し暑さは消え、初秋の爽やかな風が大地を吹き抜けてゆく。

宮殿内は数日前の騒動がうそのように清められ、官人や舎人が張り詰めた空気の中で静かに、しかし忙しく働いていた。

「なるほど、大いなる化《け》というわけだ」

大蔵は興味深げに呟いた。

「これまで蘇我や物部の顔色を見ていた天皇家が、いよいよ誰憚《はばか》ることなく命を下すということだな。唐《とう》に倣《なら》って元号などを定めるのも面白いが、その最初が大化《たいか》とは肩に力が入っている」

元々の朝廷を知らぬ広足にはよくわからない。だが、息苦しくなるような緊張感と、冬の晴れた朝のような清冽《せいれつ》さが同時に漂っていることは感じられた。

「しかし……どう思う」

大蔵は秘かに広足に訊ねた。

「巨大な気配が残っているように感じます」

新しい空気の中に、何か古い名残りがある。

「そのようだ」

内裏で大蔵たちを待っていたのは、内臣《うちつおみ》の中臣《なかとみの》鎌足であった。執務の手を止めた鎌足は二人を招き寄せた。疲れが残っているのか、やや掠《かす》れた声で、「傷の具合はどうだ」と大蔵に問いかけた。

「あれしきのこと」大蔵は声を上げて笑って見せた。

「まだ何か残っているか」鎌足は冷厳《れいげん》な表情を崩さず問うた。

大蔵は鎌足に向かって胸を張り、「まだ妖が隠れております。すこし内裏を傷つけてしまうことになりますが、よろしいですか」と言った。

「よかろう。この宮はいずれ捨てる。だが皇子に魔を取り憑《つ》かせるわけにはいかん。必ず退けるのだぞ」

「心配ご無用。蘇我の神ですら私の前では無力でしたのでな。では、お人払いを」

鎌足が命じると官吏たちは一礼して去っていく。

やがて、宮殿から全ての人間を出させたが、鎌足だけは残った。

「内臣さまもご退出を」

大蔵は重ねて求めたが、

「私も中臣の人間だ。妖を祓うのであれば見ておきたい」

中臣はその名の通り、人と神の間を仲立ちする一族であった。飛鳥の東、多武峰《とうのみね》の神を奉じて託宣《たくせん》を行っていたこともある。

「人にはその身の丈に合った行いがございます。私に政《まつりごと》ができぬように、あなたには妖を退ける力がありません。政治と退魔、互いに口を出すべきではないと思われませんかな」

「私を侮《あなど》るのか？」

人に圧力を与える厳《いか》つい顔が、大蔵を睨みつけた。だが大蔵も怯《ひる》まない。

「我が一族は古き力を捨て、新しき力である政に賭けている。政は全てを統《す》べることを忘れるな」

鎌足は冷たい一瞥《いちべつ》をくれると、宮を出て行った。針先をつきつけられているような心地のする男だった。

「偉そうに……。さて、妖の残りを燻《いぶ》り出すぞ」

大蔵は袖から符を出し、「我が声に応えよ」と呪を詠唱する。

口をすぼめ、長く笛に似た音を発した後、気合と共に腰の剣を抜いて振り下ろした。

二人の前の空間に切れ目が走り、長大な何かが滑り出てくる。黒く光る鱗《うろこ》、金色に光る瞳、そして二本の禍々《まがまが》しい牙が見えた。

瘴気を吐き出す巨大な蛇だ。

「古き妖、夜刀《やつ》の親玉だな」

「や、夜刀？」

「昔からこの地に住む妖だ。静かに隠れ住んでいればよいものを、蘇我の神に誘われて猛々しい心を抑えきれなくなったとみえる。ちょうどいい」

広足の体を押しのけた大蔵は、床の上を奇妙な歩法で動いた。

「闇は闇へ、光は光へ。唐《とう》より伝わりし天地《てんち》交泰《こうたい》禹歩《うほ》法《ほう》の力を見よ」

大蔵の踏んだ足跡がもう一匹の大蛇となって、夜刀の首領へと襲いかかった。

「広足、下がっておれ。この毒は身に受けるとひどく体を損なう」

それが優しさから出るものでないことを、広足は知っていた。師が自分が作る食事に示す執着《しゅうちゃく》を、広足は興味深く見ていた。色々と工夫をして多くの人に食べてもらいたいが、大蔵は自分以外が口にすることを許さない。

「この妖を退ければ、また飯を作れ」

大蔵は指を立て、力を籠《こ》めて立て続けに鳴らした。禹歩によって生まれた蛇が叫び、さらに荒れ狂って夜刀を攻め立てる。

「人の世に出てきてはならぬ者よ、疾《と》く森へ帰れ、山へ隠れよ」

手を開くと、そこに物部の槍が現れた。

「我が力に、屈せよ！」

槍が輝きを放ち、その光芒《こうぼう》が一閃して夜刀を切り裂く。乾いた音と共に四散した大蛇の破片を足元に落とすと、履《くつ》の下に踏む。

「さて広足、帰るとするか」

大きく伸びをした大蔵は、動きを止めた。広足が見上げると、その顔が苦痛と怒りに歪んでいる。

「何を望んで破滅に向かうか」

広足を突き飛ばすようにして天日槍を再び現出させると、足の下に踏んでいる小さな蛇を突き刺した。蛇は最後の力をふりしぼるように大蔵の足首に嚙みついている。

「大人しく消えていればよいものを！」

白き光が渦を巻いてその小さな蛇へと注《そそ》ぎ込まれる。

広足は己《おのれ》の心が微《かす》かに動くのを感じた。

「滅びよ！　いずれお前たちのような妖は、新しき力を持つ朝廷と験者によって消え果てるのだ」

蛇を責めさいなむ師の姿を見て、冷え固まっていく己の心に広足は戸惑いを覚えていた。

そこまでしなければならないのか。

ここに住んで、ただ暮らしているのに燻り出され、槍で突かれ、足蹴《あしげ》にされる。ただ古いというだけで。そこに住んでいるのが邪魔だという理由で。

矛から流れ込む白き光に蛇は苦しんでいる。

「終わらせるぞ」

息荒く矛を夜刀に突き立てる師の姿は、醜悪《しゅうあく》に見えた。

広足はくちびるを小さく動かし、

「大己貴神《おおなむちのかみ》よ、悩む傷を春の泡雪《あわゆき》の消えるが如《ごと》く迅《と》く速《はや》く、癒し給《たま》え……」と唱えた。

その祈りは師ではなく、彼の足に踏まれて苦しむ小さき夜刀に向けられていた。呪禁の退魔法と医薬の技を組み合わせた、治癒の呪である。

力なくもがくのみだった蛇たちが次々に首をもたげる。そしてやがて一匹一匹が重なり、大きさを増していった。

長大な姿となった蛇神は、大蔵の体に絡みついて絞め上げた。勝ち誇っていた大蔵の表情が一変して恐怖に歪む。

広足は「おづぬ！」という叫びに我に返り、うろたえた。

「おづぬ、我を助けよ！」

甲高い声で大蔵が叫ぶ。

「おづ……ぬ……、早く……来い」

大蔵の瞳から光が失われかけた時、群れ集まる夜刀の中から巨大な影が浮かび上がった。暗闇の中に浮かぶ双眸《そうぼう》は、青い光を放っていた。瞳だけではない。その全身から噴き上がる奔流《ほんりゅう》のような青い輝きを受けて、大蛇の動きが止まる。

その名を広足は聞いたことがある。そして出会うのは初めてだった。

賀茂《か》役《もののえだちのきみお》君小角《づぬ》。賀茂氏を支える役の一族に生まれた、いわば傍流《ぼうりゅう》の出である。大蔵よりも十ほど若く、賀茂の一族に仕えるべき立場にありながら、その命を聞かずに山野を逍遥《しょうよう》しているという。

「娘よ。何故、古き者を助けた」

声は少年のそれだった。だが、その黒曜石《こくようせき》のように輝く髪と、ほっそりした少女のような美しい顔立ちが広足の心を揺り動かした。その目の前で小角が一度指を弾くと、夜刀の大蛇は少し力を緩めたようであった。

「古き者を助けた理由……」

大蔵は自分を養ってくれている。恩義も感じている。それでも、見ていられなかった。

「やり過ぎだと思ったからか？」

確信が持てないまま広足が頷くと、小角は微かに笑みを浮かべた。

「さて、どうする？」

大夜刀は力を緩めたものの怒りに目を紅にし、いまにも大蔵の体を嚙み砕こうとしている。大蔵のやり方はいやだったが、だからといって死んで欲しいわけでもない。

「大蔵を助けるか」

広足は頷くが、小角はまだ動かない。

「それを心から望むか」

小角の瞳が放つ青い光が、すっと己の内側に入ってくるような気がした。それは大蔵の傍にいる時には感じたことのない、柔らかさと温かさがあった。

「望みがあれば代価を払え。山は求めるだけ、奪うだけの者に力を与えない」

そう言われても、自分には代価とするような財物は何もない。

「では、お前自身を私に捧げるのだ」

「え？」

驚きのあまり素《す》っ頓狂《とんきょう》な声が出た。

「美味《うま》い飯を作ると聞いたが？」

「美味《おい》しいかどうかわかりませんが……」

「味は口にする者が決めればいい。私は大蔵の生きざまを羨ましいと思ったことは一度もないが、お前の作る飯は食べてみたかった」

この美しい験者に仕えて食事を作るのは悪くない。

「お前自身を我に預け、その代わりに大蔵を助けるか？」

広足が頷くと、小角は満足げに微笑み、錫杖《しやくじよう》をしゃんと床に打ちつけた。小さな夜刀たちが驚いて首領の後ろに隠れる。

「महामयूरी《孔雀明王よ》 महामयूरी《孔雀明王よ》 我が声を聞け……」

小角が低い声で静かに唱えると、その背に鮮やかな羽根が生じた。青い波が日に煌《きら》めく様に似たその羽根を持つ鳥を、広足は見たことがない。

「天竺《てんじく》から来た経典《きようてん》を最近読んでいてな。蛇の神と相性のいい者の力を借りるのだ」

大夜刀が怯んだように口を開け、大蔵を落とす。だが、彼は気を失っているのか、だらしなく舌を出して床に横たわったままだ。

小角がまとう青い焔《ほむら》のような羽根は扇のごとく広がり、大蛇に対している。

「夜刀よ、ここに宮を建て、しかも血で汚したことを怒っているのだな」

大蛇はじっと小角を見つめている。

怒りに真っ赤であった瞳は、黒く静かな色へと戻っていった。

「新しき王がこの飛鳥の地へと君臨して、それでもあなたは黙っていた。それは神《かむ》日本磐余彦尊《やまといわれひこのみこと》がもともといた神々をおろそかにせず、その後に続く者たちも畏れを忘れなかったからだ。だが、近年はどうもそうではないらしい。失礼を詫びたい」

小さな夜刀たちはまだ怒っていた。数匹は小角の足に嚙みつくが、小角は表情一つ変えず大蛇を見つめている。

「私はあなたと戦うことを望まない。ただ共に、この天が下に在ることを願うだけだ。間もなくここは都ではなくなる。そうすれば、またあなたたちも静かに暮らせるだろう」

夜刀の首領は首をもたげ、衣擦れのような音を発した。広足は戦いの合図かと身を硬くしたが、そうではなかった。蛇たちが立てていた怒りの息吹が収まっていることに気付いた。そして一匹、また一匹と大地へ潜って行く。

後には半ば壊れた宮殿だけが残った。

そこに、中大兄皇子と中臣鎌足が兵を率いて駆けこんできた。ぼろぼろになった宮殿と大蔵に驚き、美しい髪をなびかせている小角を見て言葉を失っていた。

「妖は……」

皇子が辺りを見回して言う。

「山に返した」

「滅ぼしたのではないのか」

「彼らの方が先に住んでいた。もし我らが勝手をしたいのなら、せめて礼を尽くして去ってもらうくらいのことはしたらどうか」

穏やかでありながら、皇子を叱《しか》るような口調でもあった。

「貴様、誰に向かって口をきいている」

鎌足が怒りの声を上げるが、皇子が止めた。

「小角よ、ともかく我らの危うきを救ったのはお前だ。褒美に何を望むか。お前は賀茂の役だな。我が近くに仕えても構わぬ」

倒れていた大蔵が意識を取り戻し、何か言いたげに顔を歪めたが、声が出ない。小角は大蔵を一瞥し、静かな表情で頭を振った。

「では山を自由に歩くことを認めてもらいたい。里の誰がその山を領することを宣しても、私には関わりがないと」

中大兄はしばし考えた後に頷く。

二人のやりとりに見入っていた広足が我に返ると、すでに小角は何処かへ去っていた。

都を難波《なにわ》の長柄《ながら》に遷す準備を始めると正式に布告されたのは、その数日後のことであったが、広足が小角のもとへ行くことはなかった。小角は都から忽然《こつぜん》と姿を消し、その消息が絶えてしまったからである。

第二章

一

広足《ひろたり》は飯炊きに忙殺《ぼうさつ》されていた。大化《たいか》五年の春となり、厨房《ちゅうぼう》の暑さに汗が止まらない日々だ。

中大兄皇子《なかのおおえのおうじ》と中臣鎌足《なかとみのかまたり》が石川麻呂《いしかわのまろ》とともに蘇我入鹿《そがのいるか》父子《おやこ》を討ってから四年が経つ。それは大蔵《おおくら》の近くに仕え、小角《おづぬ》に身を捧げると誓って四年が過ぎたことを意味していた。広足の扱いは婢《ひ》同然であったが、大蔵の厨師ということで部屋を一つ与えられている。

そんな時である。朝起きると、枕元に小さな鴉《からす》が立っていた。頭が鴉で人の身体をし、験者の衣を身につけている。

「約束の時は至れり。葛城《かつらぎ》で待つ」
言い終えると忽然《こつぜん》と姿を消す。深山《みやま》の香りが後に残っている。
あの人からのものに違いない。自分でもはしたないと思うほどに、胸が躍った。
四年前に小角と会ってしばらくしてから、広足は長かった髪をばっさり切ってい
た。炊事の際に邪魔になるのと、水鏡《みずかがみ》に映る己の姿を見ると、美しく長い髪の小角を
思い出すからであった。
約束の時がようやく来たのだ。
広足は心を決め、葛城の山へと向かうことにした。もちろん、大蔵には話を通さね
ばならない。気は進まないが、言わずに行くことはできなかった。
「お前は主を捨てるのか」
居室で怒りを露わにした大蔵に、広足は怯みつつも頷いた。
「大蔵さまを助けるためにした約束なのです」
「許さぬ。そもそも四年も前の話ではないか」
「誓いは時を経れば朽ちるというわけではありません。夜刀《やつ》にあわや食われそうにな
ったところで助けて下さったのは小角さまではありませんか。私はその時、この身を
捧げると約束したのです」

それを言われると、大蔵も舌打ちをするしかないようであった。だが、

「あやつにはおおきみに逆らおうという気配が見える。皇子と中臣鎌足はこれより朝廷の権威を強め、古き者を制していく」

と説いてくる。

「山に閉じこもって古き神を崇《あが》め、おおきみに従わない者たちがまだ諸国にいる。だがこれから日本の国は大道を通じて大きく強く、そして一まとまりになっていかねばならん。俺も天皇を支えていくつもりだ」

だから俺の傍にいてその助けとなれ、と大蔵は広足に命じた。

「それはいたしかねます」

大蔵の形相《ぎょうそう》が変わったのを見て、広足は一礼して居室から出た。

止めたり怒ったりしないのか、と少し意外に思ったが、それならそれでありがたい。飛鳥《あすか》から西にしばらく歩いたところで振りかえると、やはり大蔵は追ってこなかった。ほっとすると共に、申し訳ないという気持ちも浮かんでくる。

だが小角の迎えが来た以上、留まっているつもりはなかった。ここのところ大蔵の妖《あやかし》に対する戦いぶりは酷く、目を背けたくなるものが多かった。

気を取り直し、今度はゆったりと歩み出す。

飛鳥の西に連なる葛城の山なみが、徐々に大きくなってきた。

この当時の葛城山《かつらぎざん》、というのは相当広い山域を指す。南は今日の岩湧山《いわわきさん》から金剛《こんごう》山《さん》、千早《ちはや》口《ぐち》、北は葛城山を経て岩橋山《いわはしやま》と二上山《にじょうざん》の境までである。そして葛城山の主峰は今の金剛山を指していた。岩湧山から南西は紀伊《きい》、尾根筋は河内《かわち》と大和《やまと》を分ける境界となっている。

葛城は里に近い山だが、一言主《ひとことぬし》の社《やしろ》を越えて山中に分け入ると気配が一変する。木々の一本一本が天を衝く高さとなり、風に吹かれると人の囁きのような葉音《はおと》が聞こえてくる。

葛城山の中腹に広足がたどり着いたのは、飛鳥を出てから三日後の昼過ぎであった。

宇智《うち》の集落で小角の庵《いおり》の場所を聞いて山の中に分け入ったのだが、そこで道に迷ってしまったが、不思議と心細さはなかった。

ふと見上げると緑の山肌がのしかかるようにそびえ、木々の間に青く輝く小角の気配が漂っている。

光の源を探そう。山に入って二日目、沢の清水《しみず》を飲んでふと気付いた。水面に漂う青い光を眺めながらぼんやり考えているうちに、ひらめいたのだ。

ひらめきは正しかったのか、小角の手がかりを摑むまでは早かった。光には微《かす》かな流れがあり、広足はそれを追っていくだけでよかった。

やがて、小さな洞窟にたどり着いた。小柄な広足でも身をかがめなければならないほどに小さな入り口から、洞の中に入ると、蝙蝠《こうもり》の羽音や得体の知れない虫の声がする。湿った洞内は気味が悪かったが、小角への想いが勝っていた。

しばらく進むと、岩の隙間から陽光が射し込んでいる広場があり、そこに澄んだ水を湛《たた》えた湖があった。暗闇の中で水がほのかに青く光っている。

広足は衣を脱ぎ、水面を揺らさぬようゆっくりと水に体を浸けた。水の放つ光を受けて、彼女の白い肌も微かな青みを帯びる。滑らかな曲線を描くほっそりとした身体が、わずかな波紋だけを残して沈んでいった。

肌に感じる水は冷たかったが、心に感じるものは温かかった。

「小角さま」

くちびるだけで呼びかける。頭《こうべ》を浸けると、髪がふわりと水面に広がっていく。その髪の毛一本一本に意識を巡らせた。

「たったみっかでここまできたよ」

「たったかたったか歩いていたよ」

突然、左右の耳のすぐ側で、童子《どうじ》の話し声がした。

「たったたった。だいばだった」

「だいばだったただいま去った」

歌うように言いながら、広足の髪先を撫《な》でる者たちがいる。

はっとして瞼《まぶた》を開くと、いつの間にか幼い子供が二人傍に立っていた。この山に住む童子たちが髪先を通じて、自分に問いかけている。お前は誰だ、何をしに山に入ったか、と。

山は人を拒まない。だが、侮る者を許さない。いつも両手を広げているが、その腕には人など簡単に握りつぶすだけの力がある。童子たちは山の指先だ。

広足は水の中で頭を垂《た》れ、手を合わせた。

「みずはつめたい　つめたいやまみず」

「やまみずつめたい　みずにこたえよ」

「みずにいずや　いずこおづぬ」

「おづぬよいずこ　みずからみちびけ」

「自ら、導け……」

青い光は、水の中で瞑目《めいもく》したことで見えなくなった。だが童子たちは自ら導けと命じている。

髪先に触れていた童子たちがふと気配を消した。

温かだった水が突然冷たくなり、広足はぎゅっと身を縮めた。筋骨に力が入り、これまで確かだった足元が急に崩れ落ちる。悲鳴を上げようと開いた口に水が流れ込み、鼻と耳にも激痛が襲ってきて、広足は必死にもがいた。

苦しい。

だが、薄れていく意識の中で、ふと広足はこの山に来た目的を思い出した。私はあの人に会わなければならない。約束を果たさなければならない。

目を閉じているのに小さな光が見える。そこへたどり着かなければならない。あそこから出て、会わねばならない人がいるのだ。

体を絞り上げられる痛みと共に、体内に入った水が押し出されていく。すると突然、視界がぱっと開けて広い場所へと体が落ちた。広足の口から赤子のような泣き声が飛び出し、山に響き渡った。

空を見ると鳶《とび》が大きく円を描いて飛んでいる。そして、二つのかわいらしい顔が広足を覗きこんでいた。

「うまれたひろたり」

「うもれずうまれた」

そう言って手を取り合うと、円舞を踊るようにはしゃぎ回る。広足が体を起こすと、岩の上に葛《くず》の葉色の衣をまとった験者《げんじゃ》が座っていた。慌てて身体にかけられていた衣を羽織る。

「お前は山に宿ることを許され、そして自ら産まれてきた。おめでとう。広足、お前はこの山の子となったのだ。私の友であるコンガラとセイタカも心から喜んでいるよ」

笑顔で祝意を述べた験者は、童子たちを手招きした。

「山の、子……」

この験者が小角であることはすぐにわかった。大きな岩に背をもたせかけて座っている。

「山での修行は、山に命を委《ゆだ》ねてまた戻してもらうことに他ならない。そのためには、山と交わり、山の胎内に入り、そして出てくることで深い契《ちぎ》りを結ぶのだ。広足は私の同胞になると誓ったのだから」

小角は視線を山の尾根の方に向けた。

「ね、母上」

驚いた広足は岩を見上げる。一瞬、岩の上に長い髪の女性が立っているような気がした。雪のように白い肌に、闇のように黒い髪だ。小角と同じ青い光を放つ大きな瞳が広足を見つめていた。

だが、広足が一度瞬《まばた》きをすると、その姿は木立《こだち》の中へと消えていった。

「あの方は？」

「広足にも母上のお姿が見えたか。見事に認められたのだな」

小角が眩しげに山を見上げている。

「大いなる力を望んで山に入る者は多いが、そのまま山の土となって二度と戻らぬ。それは母上がその者を山の子として生かすことを認めぬからだ」

「正しくないと、認められないのですか」

「正しい？」

小角は立ち上がった。八尺の大きな体であるが、表情は童子のようにあどけなく、そして少女のように美しかった。碧《あお》く光る瞳が広足を捉え、一瞬呼吸を忘れさせた。

「誰が正しいのだ？」

「こうして無事だったことは、正しさの証ではないのですか」

「何と比べて正しいのかな？」

「死ではなく、生を与えられたことが正しいのでは」

「山で命を落とした者の中には、いわゆる徳の高い者も多かったよ。人に敬され、人を愛し、神や仏を敬し、心も謙虚だった。そんな者でも、山は命を奪う。これは人が正しくて山が誤っているのかな？」

「それは……」

小角はふわりと広足の前に立った。大きいが、圧せられるという気配ではない。初めて会った時と同じように、包まれるような温かな気配で満ちていた。

「委ねることができるかどうか、ただそれだけだ。山はそこしか見ていない。正しいと思うのは傲慢《ごうまん》だ」

そうなのだろうか。しかし、ともかく山に許されて小角に会うことはできた。拝跪《はいき》して、約束を守りに来ました、と挨拶《あいさつ》をする。

「やっとお前の作る食事を食べることができるよ。大蔵も言ってただろう？　広足の作る食事には験者の力を高める力がある。私もずっと口にしたくてね」

小角はにこりと笑って言う。

「そう言っていただくのは嬉しいですが……。それにしてもこの四年の間、何をされていたのですか？」

「そうだね」

不思議な顔だな、と広足はその美しい容貌を見つつ思った。たおやかな少女のようにも、厳《いか》めしい武人のようにも、聡《さと》い学者のようにも、そしていたずら好きな少年のようにも、その瞬間によって違って見える。

「虹をかける準備、とでもしておこうかな」

「虹……」

きょとんとした広足を見て、小角は少年の顔で笑った。

「さて広足よ。お前が私と共にあれば、多くの軋轢《あつれき》を生むことになるだろう」

ふと真剣になった表情から、広足は目を離せない。

「しかし生憎《あいにく》、私は揉め事が大好きでね。雨が降らねば虹もかからぬ。さて、お前の特技を見せてくれ。待ちにまっていたのだから」

瞳の奥に碧い光が激しく輝いたように見えたが、その指さす先には大きな竈《かまど》が築かれていた。

二

広足は拍子抜けしていた。

葛城の山に入ってからというもの、大蔵のもとにいた時と同じく食事の用意をさせられるばかりだ。そろそろ一月《ひとつき》が経つ。小角の行場《ぎょうば》は頂《いただき》近くの木立を切り拓《ひら》いたところにあり、広足は厨房を設けた庵に寝起きしていた。

小角は食事を摂る時以外は、山の中に入って修行している。つまらなくはない。ただ、一つだけ心に願っていることを思い切って口に出してみることにした。

「小角さま、呪禁《じゅごん》を教えていただきたいのですが」

小角は理解できないとばかりに首を振った。

「お前の作る食事、見事なものだぞ。呪禁などいらないよ。飯を美味《うま》く、たくさん作ってくれ」

「命じられれば百人分でも作って見せます。ですが……」

広足は朝夕の二回、小角と童子、そして山の神々のために食事を作る。それは一人分というにはあまりに多い。小角自身は魚や肉を口にしないが、童子たちはよく食べるし、神さまにも捧げられる。

「人にはその身にあった働き場所というのがある。お前の作る食事は素晴らしいものだし、それは私の術になんら劣らない」

広足は不服だったが、そうしていながら小角の態度に驚いていた。自分の主だと威張りもせず、微かな笑みを湛えて軽口の相手をしてくれている。

だから「私はお腹が空いた。頼んだよ」と言われると、いそいそと用意にかかってしまうのだ。そのための食材はコンガラたちが集め、毎朝彼女のもとに届けていた。

「さて、作るか！」

童子たちの用意した食材の山を前にして、広足は腕まくりをする。蕨《わらび》、葛《くず》、いたどり、楤《たら》などは一口大に切って醤《ひしお》で和《あ》えたものに山椒《さんしょう》の葉をあしらう。塩ゆでしたものを酢でほんのりと香り付けしたものも、小角の好むところだ。

そして大鍋に菜種油《なたねあぶら》を満たし、大きな竈にかける。

「なたね　なったね」

「あぶらなのたね！」

とコンガラとセイタカが火の前で歌い踊っているのを見ながら、米と麦を石臼《いしうす》でひいたものを様々な形に整えていく。伏兎《ぶと》、梅子《ばいし》、環餅《まがりもちい》、団喜《だんき》と名付けられたものを台の上に並べていく。

「あぶらわいたよ」

「からかしからから！」

菜種油で揚げる菓子は唐《とう》伝来のもので、小角の大好物なのである。純白の生地が熱い油の中で心地よい音をたてる。童子たちもこれが大好きなようで、

「しゅわしゅわ　からから」

と油と生地が立てる軽快な音を口真似しながら鍋を覗きこんでいた。そして、程良くきつね色になったところでざるに上げていく。その量はかなりのもので、大ざるに山盛りである。

小角は経典《きょうてん》を読みながら、山ほどの唐菓子を平らげてしまう。

「私が一人で食べているわけではないよ」

大喰らいと言われて小角は苦笑した。

「コンガラたちが食べているんですよね」

「それだけじゃない。半分は神饌《しんせん》にしているんだよ」

どこか言い訳っぽく小角は言った。

「神さまへの食事は別に作っているではないですか」

「あまりに美味いから、広足の作った菓子も食わせろと言うんだよ。修行には神々の力を借りなければならない時もあるから、教授してくれた礼に神饌を出すのだが、私が作ると神々が怒るのだよ。不味《まず》いって」

広足が炊く米、醸《かも》した酒、捌《さば》いた魚や肉は好評なのだという。神饌は文字通り、神に捧げるための食事である。

米を和稲《にきしね》、荒稲《あらしね》。野菜を甘菜《あまな》、辛菜《からな》。魚を鰭廣《はたひろ》、物鰭《ものひろ》。肉を和物《にこもの》、麁物《あらもの》と称して美しく調理し、神へ供する。それぞれの氏に神がおり、独自の作法で食事が献じられる。

「作法はともかくとして、美味いものを作ると誉《ほ》められているのだからそれでいいのだ。大蔵もお前のその腕に惚れこんでいたんだろう。腹を摑むのは心を摑む基《もと》だ。神々ですら、お前の技に魅了されているのだよ」

「だったら私も神饌の御礼に術を学びたいです」

「教わって何を得たいのかな」

静かにそう問われて、広足ははっきりと答えた。

「貧しい一族に再び富貴《ふうき》をもたらすのは、小角さまから学ぶ術しかないと信じています」

広足が望むところを伝えると、小角は煙たそうな顔になった。

「呪禁の術はもう知っているではないか。広足が知っていることを私がわざわざ教え直すのは、おかしな話だ」

「ほんの少ししかできません」

彼女は医薬の術を学び、退魔の祓《はら》いも学んでいる。が、大蔵や小角とは比べものにならないほど弱い術しか使えない。

コンガラとセイタカもおかしいおかしい、と跳ね回っている。

不意に動きを止めたコンガラたちが、顔を見合わせた。

「お客か」

小角はゆったりと頭を上げる。

「ひめみこ」

「ひめみこ？」

コンガラとセイタカは広足の周囲を駆け回りながら、

「おづぬ、あらいと、ひめみこ、こまる」

と嬉しそうに歌った。

「大峯《おおみね》の長《おさ》であり玉置《たまき》の姫でもある、洗糸《あらいと》のお出ましだ。葛城に来るとは珍しい」

小角は欠伸《あくび》をしながら広足の作った神饌の前に座ると、供物《くもつ》にする分と自分が口にする分を綺麗に取り分け、童子たちに供物の分を持って行かせた。

広足は玉置の姫と聞いて首を傾《かし》げた。玉置とは葛城の南東、飛鳥のまほろばから遥か南に位置する大山塊《だいさんかい》、大峯の一峰だ。古く強い神に守られた民がいると聞いたことはあるが、どこか幻のように遠い存在でもある。

全ての氏族は神を奉じて、長や巫女《みこ》がその力を借りて一族のために使う。

小角たちが暮らしている葛城の山域は、事代主《ことしろぬし》、通称を一言主と呼ばれる神だ。その社を任されているのが賀茂《かも》の族長である大蔵だ。

「それにしても何の用だろうね。面白い話だといいのだが」

小角は広足の作った食事を食欲旺盛《おうせい》に平らげ始めている。

しばらくして、ふいに髪が風に撫でられた気がして周囲を見た。何者か、強い力を秘めた者が近づいてくる気配だ。

「さすがに洗糸は山の子だ。母上も喜んでいるね」

そう言う小角の視線の先を見ると、裾の長い衣を翻《ひるがえ》し、軽《かろ》やかな足取りで岩と木《こ》立《だち》に覆われた山肌を登ってくる若い娘が見えた。長い髪が山の風になびいている。

「美しいな」

小角がぽつりと呟くように言ったので広足は驚いた。

「小角さまは洗糸さまをご存じなのですか」

「互いに幼い頃から知っている」

少女は小角よりも若く見えたが、彼女のたたずまいには貴人の落ち着きがあった。

洗糸は山の頂まで来ると、広足にすっと近づいてきた。そして瞳をじっと覗き込み、柔らかな笑みを浮かべた。広足もつられて微笑んでしまうような、可憐《かれん》な笑みであった。

「小角、いい子を拾いましたね」

「拾った……どういうことですか」

広足が問いを発した時には、洗糸は背を向けていた。

「お迎えがあるかと思いましたのに」

「挨拶なしに山に来るのはやめてくれないか。結界の修理が大変なんだ。でもせっかくだから山の水でも飲んでいってくれ」

コンガラとセイタカがはしゃぎながら木立の中に消え、虎柄の敷物と木椀《もくわん》に入れた清水を持って、洗糸の前に捧げるように置いた。

「ありがとう。二人ともすっかり小角に馴れましたね」

洗糸は優しくコンガラたちの頰をつついた。

「おもかげどのかげ」

「ことかけがんかけ！」

童子たちは顔を見合わせて笑うと、小角の傍らに侍った。

「さて、ご用は何かな」

「もうご存じかと思っていました。ではお話ししましょう。賀茂の族神、一言主さまがあなたたちに愛想を尽かされたことはご存じですか？」

洗糸は童子たちの汲《く》んできた清水をこくりと飲んだ。

「なんだ。どうも山の気配が腑抜《ふぬ》けていると思ったら、一言主がいないのか。ま、大蔵が山に背を向け、朝廷の権勢の力に目が眩《くら》んでいるのだから、当然だよ」

「止めなかったのですか」

洗糸の口調には、微かに非難の色があった。

「それは私の務めではない。そして、誰を長にするかは人のことだ。私にはあまり関心がない」

「他人事《ひとごと》なのですね」

「俗人の身の処し方としては間違っていないよ」

洗糸は小角の言葉を吟味《ぎんみ》するように聞いている。

「大和の大王《おおきみ》と共に進むと決めたのは賀茂と葛城の総意だから、私にとってはどうでもいい。それにしても、葛城の一言主の態度と、あなたがここに来たことと、どういう関わりがあるのかな」

小角は先を促した。

「大峯の山々がおかしいのです」

興味深そうに、小角のくちびるの端がわずかに上がった。

「小角は一言主さまの力を知っていますね」

「もちろんだ」

広足も、その託宣《たくせん》の力をよく知っている。実際に見たことはないが、良きことも悪しきことも一言で宣し、その言葉は必ず実現する力を持っている。もしその心を喜ばせることができればいかなる富貴も幸福も思いのまま、だが怒りに触れれば、村ごと消し去られてしまうほどの凄まじい力だという。

「数日前、私は難波宮《なにわのみや》に立ち寄ったついでに、葛城の一言主の社を訪れました」

「あなたたち土蜘蛛《つちぐも》の民は飛鳥とは縁遠くなっていると聞いているが」

「もはや東の蝦夷《えみし》や西の隼人《はやと》ですら飛鳥の大王の力を考えずに暮らすことはできません。畿内《きない》の土蜘蛛たちが都に挨拶をするのも当然でしょう」

土蜘蛛は大和、紀州《きしゅう》の南部に位置する大山塊に古くから住む一族である。その武勇は大和の兵一人に十倍すると言われるが、山の中を少人数で移動して団結することがないため、これまで朝廷にとって大きな脅威とはなってこなかった。

だが、朝廷が兵を集めて大道の建設を進めようとすると、土蜘蛛の人々は山中を縦横に走って木々を倒し、岩を転がして妨害してくる。朝廷側は作業が進まず撤退し、以来、南の大山塊は手つかずの聖域のような扱いになっていた。

「で、土蜘蛛の長であるあなたが一言主に何の用があるのだ」

「棋《き》、というのを知っていますか」

「百済《くだら》あたりから渡ってきた遊びだな」

「私と一言主さまは、それで賭けをしました。負けた方が、勝った方の言葉に〝是《ぜ》〟というのです」

「神のくせに人のいいことだ」

「遠慮がありませんね。で、私が勝ち、玉置に来ていただくことを願いました。ですが……」

「来てはくれたが力を貸してくれない、というところか」

洗糸は頷いた。

「山について行くところまでが約束、というのも理屈ではあるな。しかし、玉置にも神はいるはず。神に頼みごとをするなら、わざわざ他の山の神を使わずとも間に合うのではないか」

だがそれには答えず、洗糸は広足に視線を向けた。

「里の者の前で言うのは気がひけます」

「広足なら心配ないよ」

「あなたがそう言っても、玉置の山が認めてくれないでしょう。ともかく小角、あなたの助けが必要です。一人で大峯へと来て下さいませんか」

「それはできないな。私の胃袋が広足になついてしまっているのだ。とはいえ、大峯の異変は気になるし、何にもしないわけにはいくまい。洗糸は先に玉置に戻っていてくれ」

小角の言葉に初めて不服そうな表情を浮かべた洗糸は、広足に一瞥《いちべつ》を与えると再び美しい足取りで山を下っていった。

三

いわゆる大化の改新は国の形を大きく変えつつあった。中大兄皇子たちが蘇我蝦夷、入鹿父子を倒して四年、改革の原動力となったのが「道」である。都から各国府へ通じる大道の建設が猛然と進められ、その道を通って人が、貢租《こうそ》が、都に集まり、賑わいは年々、大きなものになっていた。

だが、飛鳥の地はまもなく都ではなくなる。行きかう人の数が増えるにつれて、これまでは時折しか都に姿を見せていなかった「鬼」が、頻繁に現れるようになったのである。

新たな都は、穴虫《あなむし》から山を越えて西にある、難波国《なにわのくに》の長柄豊碕《ながらとよさき》へと移る。川の流れと大海原に面した、低く平らかな土地だ。

「大海人《おおあま》さま、止めておきましょうよ」

少女に袖《そで》を引っ張られる。だが少年は頷かない。

「このあたりに鬼がいるんだろ？」

「確かに鹿骨《ししぼね》を焼いたらそう出ましたけど……」

少女はまだ三、四歳ほどだが、口調は大人びていた。前は眉《まゆ》の上で切りそろえられ、後ろは腰のあたりまで届きそうな長い髪で、月の光にきらめくほどに美しい。少年はいくつか年長のようで、体も大きい。

「讃良《ささら》の術で探り当てたのなら、間違いないよ」

夕暮れ時の暗がりの中にぼんやりと、数軒の廃屋《はいおく》が佇んでいるのが見える。飛鳥の郊外には無数の集落が作られていたが、中には捨てられたものもある。捨てられた集落には闇が戻り、街から追いやられた者と、人ならぬモノが住まうと恐れられていた。

「舎人《とねり》の蹴速《けはや》はどこなのですか？」

「……叱《しか》られるから置いてきた」

言いにくそうに大海人は答えた。

「こっそり出てきたらもっと叱られますよ」

讃良は呆れ顔である。

「いいんだ。ぼくは皇子だぞ」

「答えになってません」

二人は飛鳥で最も貴い一族に属している。大和を中心として勢威を四方に広めている王権の長に連なっているのだ。大海人は中大兄皇子の弟、鸕野《うの》讃良姫は娘にあたる。

そんな二人が厚い板葺《いたぶき》で飾られた宮殿を抜けだして鬼探しをしているのだから、護衛を任された舎人が青ざめているであろうことは、大海人にもわかっていた。

「鬼はぼくが退治してやる」

「そんなこと出来るわけないでしょう」

この数ヵ月、都に出没するという鬼に喰われる者が続出した。鬼は人を喰らう。だがその骨肉を喰い散らすわけではない。魂を喰らうのだ。鬼の被害にあった者は、眠るが如く息絶えてしまう。

薄闇の中で、ひっそりと暮らす人々は一様に貧しい。草で葺《ふ》かれた屋根は薄く、家は傾《かし》いでいた。

「お父さまに助けてもらえばいいのに」

ぽつりと讃良は呟いた。

「大きな道で全てを繋いで、誰もこんな暗くてぼろぼろな村に住まなくていい世の中を作るって言ってたよ」

「さすがお父さまです」

讃良は嬉しそうに頷いたが、はっと瞳を見開いた。

「風の匂いが変わりました」

大海人は鼻をうごめかすが、変化には気づかない。ただ、讃良を抱きしめるようにして、茂みの中に身を隠した。一人の子供が、朽ちかけた家から出て皿を洗っている。そこに、大きな影が忍び寄っていた。

「鬼です」

讃良の声が微かに震えている。

人の形に似ているが、身の丈は子供の数倍はあり、四肢は異様に長い。子供はそれに気付いていないのか、小川の流れで一心に皿をすすいでいた。危ない、と言いかける讃良の口を大海人は押さえる。だが彼も、恐ろしさに震えていた。

影の顔のあたりから舌らしきものが長く伸ばされた時、子供が振り向いて悲鳴を上げた。

「た、助けなきゃ」

讃良が懐から符《ふ》を取り出し、若葉のようなくちびるで呪《じゅ》を唱えようとする。止めようとした大海人と鬼の目が合った。次の瞬間、虚ろな碧い瞳と乱杭《らんぐい》のような牙をもった巨大な顔が目の前に突き出され、大海人は失禁《しっきん》してしまう。

気を失いそうになりつつも気丈に術を使おうとした讃良の指先から、鬼は符を奪い取って破り去った。

長く歪《いびつ》な爪が二人に向けて突き出された刹那《せつな》、青い光が閃《ひらめ》いた。光は人の形をとり、大海人たちと鬼の間に立ちふさがる。振り向いたその人影は、

「ここはお前たちのいるところではないよ」

と穏やかな声で大海人を諭《さと》した。

験者の衣を着た長身の男だ。闇よりもさらに黒く長い髪が風になびいている。大海人は深い森の中に入った時のような香りを嗅《か》いだ。

「そしてお前も、人里にいていいものではない」

鬼の爪がさらに伸び、幅を広げて刃のようになる。そして験者へと襲いかかった。験者が錫杖《しゃくじょう》で爪を受け止めると、銅の大剣をぶつけ合うような鈍い音が大きく響いた。

二人の戦いは激しさを増し、鬼の爪は験者を追いつめ始めた。だが、験者は爪の刃に囲まれても動じず、何事かを唱《とな》えた。同時に激しい火炎の柱が鬼を包み、辺りが照らされる。苦悶《くもん》の声を上げた鬼であったが、験者をしばし見つめると背中を向け、南にそびえる山影に溶けるように姿を消した。験者は錫杖を一つ地に突くと、葛城の方へ向かって歩き出そうとした。

「ま、待て」

大海人は声を励まして呼びとめる。

「お前は何者だ」

「神を友とし、妖を退け、人を導く道を求める者だ」

「名はなんという」

「賀茂役小角《かものえんのおづぬ》」

験者はそう名乗ると、瞬きの後には姿を消していた。

「あれが、小角……」

大海人と讃良は顔を見合わせて、しばし動けなかった。

四

数日後の夜、大海人は寝所に異様な気配を察して飛び起きた。枕の下に隠した短剣を抜いて構えた姿は堂々としたものである。

人の姿は無かったが、小さな木の人形がいくつも舞っていた。木簡《もっかん》に墨《すみ》で書かれた顔は闇の中で不気味に光り、耳障《みみざわ》りな笑い声を立てる。

大海人は怖くなって後ずさる。壁に背中がついたところで、ぬっと目の前に誰かが顔を出した。ぎゃあ、と叫びかけた口を小さな手が覆う。

「大海人さまのお部屋から不思議な気配がしたので来てみたの」

「なんだよ讃良、おどかすなよ」

急に心強くなって、大海人は胸を反《そ》らせた。讃良は恐れる様子もなく舞い踊る木の人形の一体をわしづかみにした。

「何か書いてあります」

次々に木人《もくじん》を捕まえた讃良は、戸を開き星明かりを入れて並べ替えた。

「や　ま　は　な　ん　じ　ら　を　ま　ね　く　お　づ　ぬ」

「おづぬ……あの小角だ！」

読み終えた讃良と大海人は顔を見合わせた。

賀茂役小角は、都者の間でも名高い。賀茂の役でありながらその力は長の大蔵を凌《りょう》駕《が》すると噂され、人々を恐れさせる鬼すら退ける力を持つという彼は、人々の憧れとなりつつあった。まして大海人たちは、その力を目の当たりにしたのである。

「小角さまが私たちを招いてくれているんだわ！　大海人さま、連れて行って下さる？」

「よし！」

「やった！」

踊るように身を翻し、讃良は自室へと帰って行った。

翌朝、朝餉《あさげ》が終わると同時に、大海人は讃良の手を引いて宮殿を飛び出した。

「いけません！」

「遠智《おち》、止めるな！」

広く拓かれた道を、一人の品の良い女が少年の後を追いかけていく。面長《おもなが》の涼しげな顔は、戸惑っていた。

「うるさいのが私の仕事でございます。外では鬼が頻繁に出て人を襲うという噂。大事な御身に何かあっては私が叱られます」

「心配するな。讃良を連れていく」

「余計に心配です。鬼は人を食べるのですよ」

遠智はことさら怖い声を出してみせるが、大海人は怯まない。

「招かれて行くだけのことじゃないか。な、讃良」

「大海人さま、一緒に遊びに行ってはあげますが、母上の言うことを聞かなければだめです」

讃良は毅然《きぜん》とした表情で言った。

「でも連れて行けと言ったのは讃良だろう」

「それは間違いありません」

少女は落ち着き払ったものである。その言葉に後押しされるように、大海人は歩を緩めない。結局讃良が、

「ではお母さま、舎人の蹴速も一緒に行きます。それでご心配ありません」

とませた口調で言うと、母の遠智娘《おちのいらつめ》も足を止めて渋々頷くほかなかった。大海人たちも走ることを止め、広い街道を歩き出した。

「神を友とし、妖を退け、人を導く力が験者にはあるんだぞ」

歩きながら何度も、まるで自らのことのように大海人は誇った。

「小角さまは葛城にお住まいなんですね。小角さまほどのすごい術を使える人はまずいないらしいですから、学べることも多いはずです」

「讃良の言うことはいつも筋が通ってるな」

大海人は鷹揚《おうよう》に頷くと、

「あの力、もう一度見られるなんて……」

大海人は夢見心地の少女を抱き上げると、街道を歩く人々が驚いて道を空ける勢いで走りだした。

「まず賀茂大蔵に会いに行くんだ」

「あの人、あまり好きではありません」

わずかに讃良は眉をひそめた。

「でも大蔵は験者の頭領だよ。きっと小角のことも教えてくれるに違いない。兄上も頼りにしているもの」

「そうですけど、あの人はお母さまを変な目で見ています」

「変な目？」

大海人には讃良の言っていることがよくわからなかった。ともかく、変幻自在の験者の後を追うには、同じ賀茂の験者の力を借りるのが早道だと大海人は考えていた。

「それにぼくには蹴速がいるから大丈夫だよ」

大海人は木立の中に目をやった。腕の中にいる讃良は大海人の首にしがみつくようにして体勢を変える。

「蹴速はぼくだけの舎人だもの。鬼を見に行った後ですっごく怒られたけど」

誇らしげに大海人は言う。街道の側に続く木立の中を疾風《しっぷう》が切り裂いていくのが見えた。その影は人に似て、人とは異なっている。衣は舎人のものであったが、その横顔は人と言うにはあまりに鋭角的であった。

「ぼくには山の力がついてる」

大海人はどこかうっとりとした口調で言った。

もともと、大海人は山や川が大好きな子供であった。歩けるようになると、宮殿をこっそり抜け出して山川に身をおいていることが多かった。

物ごころのつく前だから、何故そうしていたのか自分でもわからない。そして今の讃良の年、四歳になろうという頃、葛城の北端にあたる二上の山中で、大海人は一匹の山犬の子供を拾った。

それは小さな大海人の手のひらに載るような、生まれたばかりの子犬であった。彼はその子犬と同じ寝床《ねどこ》に休み、自ら牛の乳を集めて回り、小弓で鳩《はと》を射ては与えた。見る見る大きくなった山犬は、やがて人の姿をとり始めた。狼の顔を持ちながら人語を話し、二本の足で立ち、剣や矛を縦横にふるい、仏典を読むまでに至った。

「これは霊物である」

と皇極《こうぎょく》天皇は自らの舎人にしようとしたが、大海人はきっぱりと拒んだ。当の狼人《ろうにん》は、大海人の命であればどこなりと行くと言った。その後、兄の中大兄皇子の口添えもあって、蹴速と名付けられた狼人は大海人の傍につき従うことになったのである。

「賀茂の屋敷へ」

大海人が言うと、蹴速はすっと先へ出て導く。大海人の足は子供とは思えぬほど速い。

それも、日々蹴速について走り回っているからであった。

しばらく葛城の麓《ふもと》を行くと、藁葺《わらぶき》の家々が集落を作って点在しているのが見えた。

大道と屋敷が周囲を圧している都の景色とは大いに違う。水田と木立と、藁葺の家々が交互に続く田園の風景の中を、三人は軽やかに進んでいた。

山の麓に着くと、一言主を祀る社と、分厚い檜《ひのき》の板で屋根が葺かれた真新しい屋敷があった。讃良がじっと社を見ている。

「どうしたの」

大海人が訊ねると、

「何か変だと思いません？」

と逆に問われた。大海人にはどこの山にもある、荘厳《そうごん》な社に見える。

「特に変だとは思わないけど、蹴速はわかる？」

「言われてみれば……。社が少々軽く見えます」

「そうそう。何だか、気の抜けた感じ」

大海人は首をひねる讃良を邸宅の門前で下ろし、ずんずんと進んでいく。だが、蹴速は門の前で足を止めた。

「私は入れません」

「何故だ」

「人以外の侵入を禁じる結界が張ってあります」

蹴速が指さした先には、蛇がうねるような字体で呪が記された黒い符が貼り付けてあった。それは一枚だけでなく、屋敷を取り囲む高い柵のあちこちに、ひそやかに貼ってある。

「蹴速はぼくの舎人だ。結界など何の意味があろう」

「ですが正しき手順によって禁じられた結界を破ることは、大きな危険を伴います。大蔵さまの結界を無理に破れば、賀茂との軋轢も生みかねません。皇子の身が危うくならない限りは避けたいのです」

静かな蹴速の言葉に、大海人はしぶしぶ頷いた。

「ただし、もし危うき気配がすれば、私はいかなる結界も噛み破って馳《は》せ参じます」

恭《うやうや》しく蹴速は頭を立てる。すると不意に、野太い笑い声が響きわたった。

「何と大げさな」

大海人たちが顔を上げると、いつの間にか門前に賀茂大蔵が立っている。

「私は朝廷をお守りする験者です。何の危険があるというのでしょう。私から言わせれば、このような獣人を傍に置いている方がよほど危うい」

「蹴速はぼくに忠誠を誓っている。どこに危ういことがある」

蹴速は静かに目を伏せているが、大海人がむっとした表情で言い返した。

「人ならぬ者が人に忠誠を尽くすことなどあり得ないのです。もし身辺を護《まも》るご用がおありでしたら、我ら呪禁験者の中から腕利きを選んでさしあげます」

「蹴速ほどの腕利きがいるとは思えないね」

「見聞が広がれば、上には上があることをご理解いただけると存じます」

讃良に袖を引っ張られた大海人は、怒りを収めて大蔵の言葉を受け流した。

「賀茂役小角はどこにいるかわかるか」

大海人がそう訊ねると、今度は大蔵が不愉快な表情になった。

「うちの小角に何かご用ですか」

憎々しげに言う。

「鬼に襲われている時に助けてもらったんだ。すごい術だよ」

「あんなものは邪道です。あちこちの術をつまみ食いして適当に鍛え、魔を退けると称しているのに過ぎない。あのような者をのさばらせていると国を滅ぼしますぞ」

大海人と讃良は顔を見合わせた。

「それはぼくたちではなく、兄上と鎌足に言ってくれ」

「で、なぜ小角に会いたいのですか」

「招きを受けた。だが山にいるとあるだけで、どこの山かわからないんだ」

大蔵はくちびるを曲げた。

「皇子ともあろうお方がそのような危ない所に。いけませんぞ。ああいった勝手な者は見ただけで目が腐ります」

「腐っていない。よく見えるぞ」

「ふん、小角の招きは長である私が取り消しておきましょう。ではお帰りを」

そう言って屋敷の中に戻ろうとした大蔵だが、

「その態度は何事か！」

と讃良に叱責されて振り向いた。

「皇子の命を聞かぬことは天皇の命に背くのと同じ。その罪はどれほど重いかわかっているのでしょうね」

大海人も言葉が出ないほどの讃良の威厳に、大蔵は絶句していた。

「いえ、私は……」

端整《たんせい》だが険《けん》のある顔が歪んだ。

「では皇子が求める答えをすぐに与えよ」

「……お、大方大峯のどこかで遊んでいるのではないですか。やつの居場所など知ったことではないので、これにてご勘弁を」

大蔵が答えると、讃良は先ほどまでの厳しい表情とは打って変わって可愛らしい笑みを浮かべて礼を言った。

「大海人さま、行きましょう？」

澄ました顔で讃良は大海人の手を引く。

「う、うん。大蔵、邪魔したな」

賀茂の屋敷が見えなくなったあたりで、讃良は後ろを向いて舌を出した。

「ああもう、やっぱりあの人苦手。いっつも何か隠してる」

鼻の穴を膨らませて讃良は怒りを表明した。

「讃良は堂々としてたじゃないか」

「その方が早くあそこを離れられますもの」

しれっとした表情である。

「讃良さま、お見事でした」

蹴速が称《たた》える。

「あなただってもっと堂々としてていいのよ。大海人さまの舎人なんだから」

「皇子の舎人だからこそ、身を慎《つつし》まねばならぬと自戒しています。それよりも大海人さま、讃良さまより先に大蔵をたしなめるようでなければ、帝室を継ぐ者として鈍いと言わざるをえませんぞ」

大海人は一つため息をつく。

「せっかくこれから山へ行こうというのに、そういうおこごとは止めてくれよ。難しいことは全部兄さまがやって下さるんだ。ぼくは都にいるより山の中に入って、いないくらいの方がいいんだよ」

今度は讃良と蹴速が顔を見合わせた。

「大海人さま……」

「いいから行こう」

大股で進み始めた大海人の後ろから、讃良を抱き上げた蹴速が続いた。

五

西に葛城、東に初瀬《はせ》、そして南に高取《たかとり》の山に囲まれた飛鳥は、ゆりかごのように穏やかな地である。

「都、ここから遷《うつ》すのですよね」

と讃良は残念そうに言う。

「兄上はもっと大きな都を難波に作るって言ってたよ。飛鳥よりも広くて大きくて、強い都を作るって」

大海人は励ますように言った。二人は蹴速に守られながら、高取山の西麓を南へと歩いている。

「この道も、広くなったなぁ」

大海人の物ごころがつき始めた頃には精々一丈ほどしかなかった道幅が、都の周囲では十丈ほどに広がっている。さすがに高取山の麓を過ぎると幅は半分ほどになってはいるが、今なお多くの民が道を広げる工事に動員されていた。

「里の民だけではなく、山の民にも参加するよう命が下されているようです」

讃良は首を傾げた。

「山の民が里の民のために働くなんて」

「これからは山も里もないんだ。大道で繋がったこの日本に暮らす者は、皆朝廷のために働かなきゃならないんだよ」

人々が大道を築くために黙々と働いている。里の民が着ている麻の小袖ではなく、獣皮の衣を着ている一団もいた。その後ろには樫《かし》の棒を持った役人が立っており、時折厳しい声を発しては工事を監督している。

「まだまだ広くするそうですよ」

と蹴速が言い添えた。

「これよりも？」

讃良はうんざりした表情になった。

「国中全ての人や物が集まるのは都です。都に通じる道はどれだけ幅があろうと広すぎることはないのです」

「確かに兄上は言ってた。西も東も日本の隅々までこれくらいの道を通じさせて、都はこの倍に広げるって。そうすれば国はもっと良くなるんだって」

高取山を過ぎると、大淀《おおよど》の町並みに出る。飛鳥から南に下った道は大淀で紀州街道と伊勢《いせ》街道に交わる。交通の要衝であるだけに、広い道であっても人馬の流れが滞るほどの賑わいであった。

大道沿いには、粗末な小屋掛けの店が建ち並び、人々は大声を上げて品々の遣り取《やと》りを続けている。物々交換であるから、交渉のうまい者が得をする。大海人たちは賑やかに商《あきな》う人々を背伸びしながら見物している。

「楽しそう！　前に吉野《よしの》へ行った時もここ通ったはずだけど、こんなの初めてだ」

「皇子が吉野に向かわれる時には、街道筋には触れが出されます。このような市も姿を消すのですよ」

へえ、と大海人は感心していた。蹴速は二人が雑踏《ざっとう》に巻き込まれないように導いている。民たちは高貴な地位にある子供たちを見て驚いていたが、蹴速の姿を見て慌てて道を空けた。

「潮の匂いがする」

と讃良は鼻をひくつかせた。紀伊《きい》から来る荷には、塩干の鯵《あじ》やわかめが多く、伊勢からも同じく海産物が多い。伊勢からの荷物には鮑《あわび》や堅魚《かつお》などの干したものが馬の背に満載されていた。

「これが都に暮らす人々や、薩摩《さつま》や奥州《おうしゅう》で兵役についている人たちの腹を満たすんだな」

やがて道は高取の山の麓を巻き、川沿いへと出る。三人が向かっている吉野は、この大淀から川を渡らねばならない。

だが、上流で大雨でも降ったのか、水量は随分と多かった。

「舟橋《ふなばし》も流されていますね……」

普段であれば、小船の上に板を積んで連ねた舟橋が対岸に向けてかけられているはずであった。蹴速が河原を覗いて考え込む。

「一人ずつ私が抱き上げ、川石を跳んで渡るしかありますまいが、その川石が全て水の下に隠れているようです。皇子、水はいずれ引きます。今日は諦めて都に帰りましょう」

「いやだ。ぼくたちは招きを受けているんだぞ」

大海人は讃良に同意を求めるように顔を向けた。

「せっかく大淀まで来たのですから、小角さまにはお会いしたいです。蹴速、この流れを無事に越える手立てがつけば、進むことを許してくれますか」

讃良の言葉に戸惑いつつも、蹴速は頷いた。

「お母さまに教わった術が使えるかな……」

「遠智の術ということは、水にまつわるもの？」

こくりと頷いた讃良は、河原へと下りていく。巨岩と流木がところどころにあり、舟橋の跡もどこかわからぬほどだ。

「蹴速、讃良を抱き上げてやってくれ」

「心得ました」

舎人に抱きあげられた讃良は、その腕の中で歌い出した。

「……明日も渡らん　石橋の　遠き心は　思おえぬかも……」

数度繰り返すうちに、幼い讃良の声が川の流れの音を包み込んだように大海人は感じた。

耳に心地いい姪《めい》の声に陶然《とうぜん》としているうちに、水の流れが一つ大きく拍動した。

「石橋よ　石橋よ　吾が道となりて　お山へ導け」

讃良の声に応じるように、瀬がひときわ騒ぎ、その下から大きな石がせり出してきた。

「な、何だその術！」

「初めて使いましたけど、うまくいきました」

驚く大海人を見て讃良は得意気であった。

「ありがとう、川の神さま。さ、行きましょう」

皇女が蹴速を見上げてにこりと笑った。

六

洗糸が帰ってから数日の間、小角は何の用意もすることなく、ただ岩の上に端坐《たんざ》して瞑想《めいそう》していた。いつもと違うのは、コンガラたちの姿がないことである。どこへ行っているのだろう、と気がかりになっていたところに、歌うような楽しげな声が聞こえてきた。

「もどり　やまどり」

「やまとへもどり」

日の光を浴びて端坐していた小角の前に童子が帰り、耳打ちすると、小角は目を開いた。

「そうか、都祁《つげ》が動いているという噂があるのか。その誘いは大峯にも届けられているのか？」

童子たちが頷くと、小角はわずかに表情を曇らせた。

「そろそろやってやるかな。大峯に行くよ」

コンガラたちの頭を撫でて旅立ちを告げる。

「土蜘蛛の連中は友だからね。妙な誘いが振りまかれているという噂も確かめなければならない。朝廷が己の領域を押し広げていることは、山の民に不安を与えている。都から伸びる大きな道を知っているな」

「あの道のおかげで都は豊かになる、との話を聞いたことがあります」

「都が豊かになるとして、それは誰かの豊かさを奪っているからだと思わないかな」

そう言われて、広足は頰を張られたような衝撃を受けた。

「奪われるのを黙って待っている長はいない。だが、都祁を率いる保呂《ほろ》という若者は、愚かではないと聞いている。己と民を危地に送るようなことをするのか疑問でね」

都祁というのは、飛鳥を見下ろす大三輪の山のさらに東側にある、小さな盆地である。

「もしや、朝廷に反乱を？」

都祁の名を聞いたことはあるが、広足も行ったことはなかった。

「飛鳥の大王に戦を挑むには、よほどの勝算があるか、自ら炎に飛び込むような絶望の中にあるか、だ」

小角の表情は珍しく憂いに沈んでいた。

「騒がしいことだ。飛鳥には鬼は出る、玉置の姫は葛城の神を連れていく。だが、鬼も山も静けさを好むと私は思っている。何か理由があって騒いでいるのかもしれないね。山のことを知りたいのなら、山に訊ねにいくのが一番だ」

行くよ、と言う小角を広足は見上げた。

「私のような里の者が入ることができるのでしょうか。洗糸さまも私を歓迎していないようでしたし……」

「大峯の山を歩くなら、土蜘蛛たちの許しを得なければ一歩たりとも進むことはかなわない。その許しがあるかどうかも、行ってみなければわからない。ただ、試すことまで拒んでいるわけではない。洗糸が何を企んで一言主と賭けをしたのか、その先に何故私の助けがいるのか、話したがってはいるのだ」

小角の瞳は楽しそうに輝き、じっと彼女を見つめている。

「土蜘蛛の一族は一言主さまの力を使って、大王側に何かを求めようとしているのでしょうか」

「中大兄皇子と中臣鎌足は人対人なら敵《かな》う者はまずいない。そういう時こその神の力なのかもしれないな」

小角は立ち上がった。

「コンガラ、セイタカ」

セイタカが小角に手を伸ばす。

「さあ、洗糸のところへ行こう」

コンガラがにこにこ笑って両手を差しのべた。広足が何気なくコンガラを抱き上げると、コンガラは赤子のようにはしゃいだ。

「広足、熱くないか？」

「熱い？　いえ」

「この子たちは火炎の明王《みょうおう》、不動《ふどう》の眷属《けんぞく》だ。私は修行中に彼と出会った。そこで意気投合してね。童子を預けてもいいと言ってくれたのだ」

嘘か真《まこと》かわからぬ飄々《ひょうひょう》とした口ぶりである。だが言われてみると童子の装束《しょうぞく》は確かに異国のもので、しかも韓《から》のものでも唐のものでもない。萌黄《もえぎ》色の腰布に、剣のように裂けた布を束ねて肩から掛けている。

天竺のものだ、と小角は言う。

「不動は邪を祓う炎の明王だ。だが、私は仏の正邪に興味はないと不動に話した。彼は私の若さを笑い、その若さを敬してくれた。そして童子たちをつけてくれたのだ」

「炎の明王だから、眷属も熱いというのですね。でも、私は全然熱くない」

「それも広足の持つ力なのかも知れないね。コンガラの手を離してはいけない。お前はなかなかの験者だが、空を翔《かけ》るまではいかない」

「そういう小角さまはどうなのですか」

「鍛えている途中だよ。体得したら教えてあげる」

こういう茶目っ気と共に話す時の小角の顔はたまらなく魅力的に見えた。ぐらりと心が揺れて、コンガラの手を離しそうになった。

「はなさないはなせないはなしにならない！」

　と童子は怒っている。

「ごめん」

　広足が謝ると、コンガラはあっさり機嫌を直した。コンガラの手は小さく、どこかひんやりとしている。小角が言うような熱さは感じられない。コンガラが瞳を閉じて何事か呪を唱える。広足の聞いたことのない、異国の響きである。その詠唱は自分が知っているものとは違うのに、体の奥底に優しく息を吹きかけられるような心地よさがあった。

　コンガラの衣が激しくはためき、その周囲に炎が巻き起こった。

「だ、大丈夫？」

「ほむら、ともだち」

「そっか。炎の神さまの眷属だものね」

　こくりと頷いたコンガラは身の回りの炎を呼び集めると、体の周囲に円陣を組ませた。

「ここから土蜘蛛の村まで、私なら一日もかからない。だが広足ではたどり着くのも難しいだろう。だから一気に飛ぶぞ」

セイタカも同じように炎を呼んでいる。

「よし、頼んだ」

小角が二人の童子に言うと、炎が返事をするように燃え上がった。耳元でどん、と低く大きな音がして、周囲の風景がみるみる流れ出す。飛鳥の小盆地をあっという間に越え、吉野の流れ、そして峰々を越えて一気に南方の大山塊の中へと入っていった。

はるか高みにいるからゆっくりに見えるが、一つの峰を越えるのに十数えるほどしかかかっていない。

相当な速さであった。冷風が吹きつけているはずだが、童子たちの炎が守ってくれている。

「このあたりの山が好きだ」

ごうごうと風の音が鳴っているのに、小角の声だけはやけにはっきりと聞こえた。

「ここで修行されていたのですか」

小角の声が届くのだから、自分の声も聞こえるのだろうと広足も話してみる。声は風に消えているはずだが、小角はきっちり聞こえているとでもいうように頷いた。

「修行か……、て言うより」

眼下の尾根筋を五つ越えるほどの間、小角は考えこんでいた。

「私は山で安寧《あんねい》の地を探していたんだ。里に近い所はどこも居心地が悪くてね。修行と称して山に分け入ることで、私は平安を得ていた」

どこかはにかんだように、小角は言った。広足はその意図がわからず、黙っている。

「山を走り、岩に座り、古き者たちと心を交わすことが喜びだった。だから私は山を敬し、そこで時を過ごすことに決めた」

「俗世《ぞくせ》がおいやだったんですね」

「平たく言うとそういうことなんだろうな」

セイタカが先を指さして何かを叫んだ。その方を見ると、黒い点が微かに揺れてうごめいている。

広足がそれが何か気付いた時には、セイタカとコンガラは悲鳴を上げて急旋回をしていた。

黒い鏃《やじり》が音もなく飛び来て、コンガラの炎を一つ叩き落とす。ぐらりと揺れて急降下した刹那《せつな》、

「きゃっ」

広足が悲鳴を上げてコンガラの手を離してしまった。

「ひろたりおちたり！」

コンガラは手を伸ばそうとするが、追い打ちの矢に頭を抱えて飛び回るはめとなった。セイタカと共に逃げ回っていた小角が落ちた広足を見るや、つないでいた手を離して落下を始める。

その様を広足は呆然と見ていた。自分から手を離すなんて、どじな人だな、とおかしくなるほどだった。

だがそんな思いも消え、広足の心はからっぽになって、大地に引かれる力と風に押し戻される力の狭間で、消え果ててしまうような感覚の中にいた。

昔から、人が恐れるような、恐怖のあまり気がふれてしまうような状況になると、心がすとんと空になる。そういう自分の性分《しょうぶん》を、ありがたいと彼女は思っていた。

遠くにいた小角が雄叫びを上げると、次の瞬間にはその顔が間近に見えた。長い髪が孔雀《くじゃく》の羽根のように青く広がり、視界を埋めていた。

そして気付くと、広足の体は力強い腕にがっちりと抱き止められていた。

「小角さま、飛べるのですか」

「飛べない。このままの姿ではね」

「落ちるばかりではないですか！」

コンガラとセイタカが必死で追ってくるが、小角たちが落ちる速さについてこられない。眼下を見れば、山の緑がみるみる迫ってくる。

「印も結べないが、やれるかな」

小角は呪を唱えだした。

「दुर्भाग्य और विभिन्न जहर से छुटकारा पाने के लिए मुझे मोर सिंग वांग करने की शक्ति दें《孔雀明王よ全ての害毒を祓うその力を我に与えたまえ》……」

青く美しい羽根が小角の背中に広がった。

しかし、落ちる速度は下がらない。

「まだ力が及ばぬな。飛ぶことは妖と戯《たわむ》れるより難しいことよ」

苦笑した小角が広足を胸の上に抱き直すと、背後がいきなり暗くなった。木立に落ちた、と広足が思うのと、轟音《ごうおん》と共に二人が山肌に叩きつけられるのが、ほぼ同時であった。

第三章

一

飛鳥《あすか》から西の山向こうにある宇陀《うだ》の地までは、二通りの道がある。多武峰《とうのみね》の山麓《さんろく》から針道《はりみち》の集落を越えるか、初瀬《はせ》の川筋をたどって、その後榛原《はいばら》の地まで延々と続く上り坂を行くか、であった。

「しかし広い道ですな」

木立から顔だけ出して坂上老《さかのうえのおきな》は言った。一行が辿る初瀬川沿いの道は、はるか昔からあった。だが、馬を十頭並べてもまだゆとりのありそうな大道となったのは、ここ最近のことである。

「皇子《おうじ》と内臣《うちつおみ》さまが何より心を入れているのがこの道よ」

阿倍比羅夫《あべのひらふ》がとんとん、と爪先《つまさき》で路面を蹴った。深い森の中央を切り拓《ひら》いて、まっすぐに道が続いている。伊勢《いせ》からの使者が十数人、馬を連ねて通りかかったが、道を空ける必要もないほどに広い。

「東は蝦夷《えみし》の地、西は隼人《はやと》の地にまでこのような道を通すなんて、大王《おおきみ》のお考えになることは大きすぎてよくわからないですな」

と老は言う。百人を超える兵たちは土をつき固めた真新しく広い道の端で休みながら、老の言葉に頷いたり首を振ったりしていた。

「だらしのない野郎どもだ」

比羅夫だけは、目の前に延々と続く川沿いの坂道を見ても気が滅入ることはない。

阿倍比羅夫は、朝廷随一の武人である。まだ二十歳前後と若いが、特に許されて十三の歳から戦に参加し、あらゆる戦場を駆け回って武名を馳《は》せている。

大化の改新をもたらした乙巳《いっし》の変《へん》でも中大兄皇子《なかのおおえのおうじ》と中臣鎌足《なかとみのかまたり》は直々に比羅夫の手を取り、大極殿《だいごくでん》の周囲を固めるよう命じたほどである。これほど二人の信任が厚いのも、比羅夫には二人の理想に共鳴できるだけの聡明《そうめい》さがあるからであった。

だが将兵たちの中には、比羅夫の豪快な一面だけを見て、力押しの武者と思いこんでいる者も多く、比羅夫もことさら虎髭《とらひげ》などを生やしてそんな印象を拒むこともなかった。

「都祁《つげ》の民が攻めてくることなどなさそうなのにな」

都祁は飛鳥の東北にあり、飛鳥と伊勢を結ぶ大道からは山一つ隔たっている。

その歴史は古く、神武《じんむ》天皇が大和《やまと》に入る以前から人々が住みついていた。四方を険しい山々に囲まれ、豊かな水と土に恵まれた小盆地の人々は強く、神武天皇もこのあたりの長に都祁直《つげのあたい》の称号を与え、気を配っていた。

飛鳥に都がいくつも造られたが、道の一つは必ず都祁の道と名付けられていたほどだ。それは、都祁の人々をどこかで恐れていたことと、彼の地と往来が盛んであったことを示している。

人の付き合いもそれだけ濃い。都祁の民と通婚していたり、友人として交わっている者も多かったのだ。

「だからこそ、巡察という名目なのではないですか」

坂上老が汗を拭《ぬぐ》いつつ言った。

「その割には物騒《ぶっそう》なことを言われているのだ。都祁の王である保呂《ほろ》を飛鳥に連れて行き、大王の近くに侍らせろ、もし拒めば力ずくで連れてくればよい。弓を取って逆らうようなら殺しても差し支えない、と。これはちとやりすぎではないか」

と比羅夫は顔をしかめた。

「比羅夫さまは随分と和に傾いておられるのですね」

「和も何も、都祁は戦をしている相手ではないぞ」

「だからこそ、大王も早めに手を打とうとされているのではありませんか」

「わかっている。ただ、気になる話もある」

「鬼と呼ばれている人喰《ひとく》いのことですか」

「山の民が送り込んだものだとしたら厄介《やっかい》だ」

「比羅夫さまは強いくせに、時折娘のように思い惑いなさる」

老は位が上の比羅夫にもずけずけものを言う。比羅夫もそんな老の言葉を戒《いまし》めとし、信を置いていた。

「老こそ叔父の妻が都祁の民だろう」

「その筋からも話は通しましたよ。誰が親戚のいる場所に攻め込みたいと思いますか」

「で、首尾は?」

「奇妙なことに、返事はありませんでした。使いに出したのは叔母についてきた奴で、彼も都祁の出なのですが、行ったきり帰ってくることもなく」

たしかに奇妙だ、と比羅夫は考えこんだ。このように軍を出して巡察する、という仕儀《しぎ》になったのも、都祁と朝廷の使いの遣り取りが途絶えたことにある。どれほど使いを送ろうと、都祁の入り口である峠で矢を射かけられて追い返されるのだ。そうなると、何かよからぬ企みがあるのではないかと疑いを持たれるのもまた当然のことだ。

言いたいことがあるのなら、言えばいいのに。古くから付き合いのある地だからこそ、弁を尽くして欲しかった。

「賀茂大蔵《かものおおくら》あたりは、古き民たちがあちこちの国で蜂起《ほうき》するなどと吹聴して回っているようだ。今のところ皇子も鎌足もあまり耳を傾けてはいないが、嘘も万遍言っていれば、真と思う者が出てくる」

「俺はあの験者《げんじゃ》、好きになれないですね」

「そうは言うが、朝廷一の術の使い手だ。蘇我《そが》の神を封じて乙巳の謀《はかりごと》を成功させる一翼を担ったのだから、軽くは扱えないだろうさ。保呂を都に引っ張ってこいという策も、賀茂大蔵あたりが出どころなんじゃないか」

「術だなんだって言いますけど、結局働いてるのは俺たちですよね」

老はつるりとした若々しい顔に浮かんだ汗を、再び拭った。

「そろそろ参りましょうか」

初瀬の寺を左手に見ながら、道はいよいよ山の中に分け入っていく。途中で荒神《こうじん》の祀《まつ》られている笠《かさ》の村を越えると、いよいよ都祁に入る。だが、途中で比羅夫は軍を止めた。

「……おかしい」

「そうですな」

比羅夫と老は表情を引き締めた。彼らが優れた武人と称《たた》えられる理由、それは戦場の気の流れを読み、縦横に軍を操る所にあった。

「気を緩めるな」

比羅夫の言葉も待たず、無数の矢が木立の間から降り注いだ。数人の兵が胸を押さえて倒れる。

「慌てるな！　盾を！」老が叫ぶ。

比羅夫は眉間《みけん》を狙って飛んできた矢を剣で両断しながら、「愚か者が！」と叫んでいた。

「止めろ！　我らを殺せば戦になるぞ。老、一人でもいいから捕まえてこい。あいつらの魂胆《こんたん》を確かめるんだ」

老が矛《ほこ》を捨てて剣を抜き、すさまじい速さで森の中へと走り入る。すると嵐のように降り注いでいた鏃《やじり》の雨はやみ、木立から人の気配が消えた。そしてしばらくして、老も呆然《ぼうぜん》とした表情で戻ってきた。

「申し訳ありません。逃しました」

「……仕方あるまい。地の利は彼らにあるのだから」

「ですが、この者たちは仕方ないではすみますまい」

百人ほどいた兵のうち、十数人が命を落とした。同じほどの兵が傷を負って呻《うめ》いていた。

「戦になりますな」

老は苦い顔で言った。

「これでは言い訳もできまい」

比羅夫は暗い表情で死者を弔うよう命じ、兵の半ばを割いて帰すと、一度初瀬の寺に戻って夜を過ごすことにした。

「都祁の民の動向ですか」

寺の僧に訊ねると、皆が一様に首を振った。中には都祁出身の者もいる。

「都祁の手前の笠、向こうの針の者でもかまわん。都祁の地の周囲はどうなっているか教えてくれ」

比羅夫が訊ねると、若い僧でそのあたりから来た者がいた。

「取り立てて変わった報せはありませんでした。そもそも都祁には、朝廷と争う気などないはずです。長の保呂さまも、そのようなことは厳《げん》に戒めておいででした」

と言う。

「やはりあの辺りだけに何か変が起きているようだ。そこの沙弥《しゃみ》よ、道案内を頼みたい」

「この時間にですか」

既に日は暮れ、深い闇が初瀬の谷を覆い尽くしている。

「夜は山の妖《あやかし》どもが……」

「こちらは兵が十人から死んでいるのだ」

比羅夫の堂宇《どうう》が震えるような声に、僧たちは縮みあがった。

「何かあれば我らが守ってやる」

僧侶たちは顔を見合わせているが、寺の長老は、自ら行こうと申し出た。

「これまで穏やかに暮らしていた山の人々がいきなり朝廷の兵を射殺《いころ》すなど、わしにも到底理解しがたい。もし何やら邪悪な企みに巻き込まれているのなら、そこから救ってやるのも仏の道である」

これには若い僧たちも逆らえず、都祁とその周辺から修行に来ている者たちが先導に立った。

「老、ここから先は兵を置いていく」

比羅夫はそう宣言した。

「それはいくらなんでも無茶すぎます。比羅夫さまに何かあったら、皇子に申し訳が立ちません」

「闇討ちごときで俺とお前が死ぬと思っているのか」

「それはそうですが、相手は何を考えているかわからない連中ですよ」

「だからまずこちらが心を見せるのだ。一刻も早く話し合いたいことがある。その上で、兵を率いてきたことは誤りだったと我らが認めたことをわからせる」

老はため息をついて頷き、出立の準備を進めた。兵には寺を守るように命じ、二晩経って戻らなければ飛鳥に帰って復命し、後の指示を待てと命じた。

二

大和の山が持つ闇は、他国とは趣が違う。古い神々が放つ深山《みやま》の樹下の匂いがして、一息吸うごとに肺腑が潤うようなみずみずしさを帯びている。荒々しい東国の戦場で夜を過ごした比羅夫にはわかる。彼は濃密な夜の山気を吸い込んで、ゆっくりと吐き出した。

「こちらです」

長老は堅実な足取りで山道を登っていく。初瀬から都祁までの道を夜通る者などまずいない。比羅夫は全員に松明《たいまつ》を持たせ、腰につけた鈴をことさら振りながら先を急ぐ。

「妖も鬼も怖いですが、熊や狼の類にも用心せねばなりませんぞ」

老は時折流れてくる獣の臭いに鼻をひくつかせながら言った。

「夜の山は人のものではない」

比羅夫は大して怖がる様子も見せず、先導役を追っている。

「いつも思うのですが、比羅夫さまは物怖《ものお》じするということがありませんな。相手はこちらを殺そうと狙っているかもしれないのに、こんな夜中に山道を行こうとするのですから」

「闇は怖いし、無駄に死ぬのはごめんだ」

どこかの尾根で、狼が遠ぼえするのが聞こえた。

「だが、昼間襲ってきた奴ら、どうにもひっかかる。我らが反撃をする前に、彼らはさっさと退《しりぞ》いていった。お前が誰かを捕らえようと森に入ろうとした時に、鏃の雨は止んだ。本当に我らを殺す気があったのか」

「ですが、こちらには十人からの死人が出ています」

「狼狽《ろうばい》している間に全滅させることもできたはずだ」

老が根こぶにつまずきそうになるところを、長い腕を伸ばして支えた。まさに猿臂《えんぴ》とも言うべきものだ。

「すみません」

がっちりした体格の比羅夫は手足が短く見えるが、実際はそうではない。敵との一騎打ちになっても、多くの敵が間合いを見誤って討ち取られていた。

「この後も山の奥深くで百人の精鋭に囲まれれば、我らといえども土に還るしかあるまい。だが、我らが初瀬に戻らなければ兵たちが飛鳥に帰り、皇子たちに復命してくれる。後のことは皇子たちに任せればよい」

「そこが凄いというのです。死にたくない理由がいくつもあるでしょうに」

「無様には死にたくないというだけだ」

笠から小夫《おおぶ》の集落を越えて坂を登りきると、都祁へと入る。高原の盆地は風が乾いて涼しく、周囲を穏やかな山容に囲まれた集落が点在している。村の中に入れば、沢の清らかなせせらぎに潤された田畑が可愛らしい。その地が、夜気の中に静まり返っている。

「特に変わったところもありませんね……」

長老が連れてきた先導役の若い僧が足を止めて辺りを見回す。そこに矢音がした。老が身を沈め、剣を抜き払いつつ僧の前に出る。矢は乾いた音をたてて二つとなり、地に落ちた。

「よほど都祁に人を入れたくないらしい」

若い僧は頭を抱えて伏せている。

矢は一本飛んできただけで、山の闇は静まり返っている。

「仲間に矢を射るなど、山の民のくせに夜目もきかなくなったか」

老は剣を鞘に収め、憤然《ふんぜん》と言った。僧は立ち上がり、胸に手を当てて呼吸を整えた。

「いえ、あれは都祁の民ではありません」

「本当か？　だがここは都祁の境ではないか。他に誰がいる」

「我らは矢音を聞けばそれを誰が放ったかわかります。鏃《やじり》を見ればさらにはっきりします」

比羅夫と老は顔を見合わせ、兵に落ちた鏃を探させたが、見つからない。

「緑深い山の中では、わずかな音がそれぞれのいる場所や行いを示す印となります。

矢音ですらそうなのです。都祁の民に、あのような矢音を立てる者はいません」

若い僧はそれまでの怯《おび》えを捨て、ぐっと顔を上げた。

「というと？」

「我らの矢音はもっと鋭い」

誇るでもない口調に、比羅夫たちは顔を見合わせた。

「故郷に何かあったのかもしれない」

そう言いつつ、先へと進みだす。比羅夫と老も周囲を警戒しながら、後に続いた。

わずかな傾斜があるなだらかな平原が、夜の闇に沈んでいる。先導役の僧が集落の入り口で立ち止まって呼ばわっても、返答がなかった。

僧は家々を巡って中を確かめるが、人の気配はしなかった。

「誰もいない……」

比羅夫たちも見てみるが、どの家ももぬけの殻であった。

「やはり我らと会いたくない、ということなのか」

そう言うと、何かの気配を感じたのか、老が弓を構えた。

比羅夫はその手を下ろさせる。村の中央には神々を祀る祭壇があった。先ほどまで誰もいなかったその祭壇の上に、小さな影が乗っている。白い絹の衣に身を包んだ、少年だ。

「保呂さま！」

僧がその前に膝《ひざ》をつくが、その子供はわずかに頷いたままでじっと比羅夫を見つめている。

「何故我らに矢を射かけたりしたのです」

丁重に問う比羅夫に、

「そんなことはしていない。そちらの求めることを述べよ」

少年は冷たい声で返答した。

「では、共に都へ来ていただきたい。都に出没する鬼と山の民の造反につき、皇子がお確かめになりたいことがあります」

比羅夫が告げると、保呂は小さく頷いた。

「行こう」

だが、祭壇を降りようとする保呂に比羅夫がお待ちを、と制した。

「都祁の民はどこに行ったのです」

「答える必要はない。あなたが受けてきた命は、私を都に連れて帰ることだけのはずだ」

「異変があってそれを報告しないわけにはまいりません」

「私は都祁の長である。民について言うべきことはない。それが答えだ。さらに問うなら、私はあなたと共に飛鳥へ下ることを拒むであろう」

何か言いかける老を止め、比羅夫は頭を下げて同行を求めた。

三

目の前には、青い空が広がっていた。そして四方から、折れた枝が伸びている。土の香りと共に、全身に痛みが走った。回復の呪《じゅ》を唱え、痛みを抑える。骨が砕けたか、と思って体を動かすと、幸いにも無事だったようだ。小角《おづぬ》に抱きかかえられて空から落ちた広足《ひろたり》の体には、芳《かぐわ》しい香りがまだ残っているような気がした。

「起きたか」

小角はどこか憮然《ぶぜん》とした表情で山肌に座っていた。

「落ち葉の積もっている所でよかった」

「小角さまの呪で救われたのですか」

「孔雀明王《くじやくみようおう》の空を行く力を借りようと思ったのだが、やはりまだ及ばなかった」

「孔雀……」

物部《もののべ》の生まれである広足は、仏の教えに疎《うと》い。

「邪悪を祓《はら》い、喰《く》らい尽くす鮮やかな仏だよ」

大の字になって空を見上げている自分に気付いた広足は、慌てて立ち上がる。痛みはあるが、四肢は無事に動く。

「私が踏ん張ったからね」

山肌には大穴が開いている。広足はその底にいた。コンガラとセイタカが穴のへりから顔を出して、きまり悪げに頭をかき、広足に手を貸してくれた。

「手を離してしまって申し訳ないと思っているようだ」

「いえ、この子たちの手を離したのは私です。ごめんね、コンガラ、セイタカ」

表情を和らげた童子《どうじ》たちであったが、急に、

「ふいうちやみうち」

「いしうちおいうち！」

と腰に手を当てて怒りだした。

「山に入るには許しがいるとはいうものの、空は問題ないと思っていたが甘かったようだ」

「この山はもう土蜘蛛《つちぐも》の人々の山なのですか」

小角はそうだ、と頷いた。

「友であっても礼儀はいるさ。土蜘蛛たちは怒っているのかもしれん」

「友なのでしょう？」

森が風に吹かれたようにざあっと揺らめいた。

その直後に地響きがして、小角たちの落ちてできた穴が大きな音とともにさらに凹む。黒い穴の底に、赤く禍々《まがまが》しい点が見えた。

「山の番人が出てきた。広足、どうする？」

話には聞いたことはあるが、数丈にもなる巨大な蜘蛛の姿は、あまりに恐ろしげで広足は言葉を失った。だが、妖なら退《しりぞ》けるか滅ぼすしかない。

符《ふ》を取り出し、呪を唱える。

「炎加具土之祓《ほのかぐつちのはらえ》！」

蜘蛛が嫌うのは炎であると学んでいた。符は赤々と燃えあがり、矢となって大蜘蛛へと襲いかかる。

だが大きさに比して蜘蛛の動きはあまりに速かった。火矢となって飛ぶ符を軽々と避けると、八本の足で跳躍《ちょうやく》し広足へと迫った。もちろん、広足にも体術の心得はある。枝の間を飛びながら、広足は小角が助けてくれる気配をまったく見せないことに戸惑っていた。コンガラの手を離した時には、必死の形相《ぎょうそう》で抱きとめてくれたのに、大蜘蛛に襲われている今は膝を抱えてただ眺めているのみだ。

蜘蛛の糸が広足の足首を捉え、大きく振り回した。

蜘蛛がその鋼のような足で広足を押さえつける。

「我が力に……！」

広足の符によって木々に亀裂《きれつ》が入る。大木が音を立てて蜘蛛の上へと倒れ込んだ。跳躍して避けた蜘蛛を、広足は逆に追った。追っているうちにはっと気付いた。この蜘蛛からは毒の悪臭がしない。それどころか、小角と同じく深い山の香りがした。

戦ってはならない。そう確信した広足は、蜘蛛に向かって拝跪《はいき》した。

唾液《だえき》を流して牙を鳴らす大蜘蛛に向かい、「山へ入る許しを」と恭《うやうや》しく願う。大蜘蛛は咆哮《ほうこう》を上げて牙を剝《む》き、広足の首を嚙みきる寸前で動きを止めた。

「順序が逆ではありませんか」

突如、蜘蛛が言葉を発した。

「たった今、気付きました」

「何にでしょう」

「山の許しを得るために、礼を尽くすべきであったと」

蜘蛛はすらりとした姫に姿を変えた。

「そこで笑って見ている小角も人が悪い」

獰猛《どうもう》な大蜘蛛とは一転して、静かな口調だ。大峯の長たる気品が、その肩の下で切り揃えられた髪から漂っていた。小角は右眉を少し上げた。

「別に私が教えなくても、洗糸《あらいと》が教えてくれると思ったのさ」

「何故そう言えるのです。私はこの娘を殺したかもしれなかったのですよ」

「蜘蛛の姿を借りてあなたが直々に出てきたんだから、殺しはしなかったでしょう」

「あのまま下らぬ符術を使い続けていたら、どうだったでしょうか」

広足は裾についた土を払い、じっと頭を垂れている。

「どうしたのです？」

「許しを下さるかどうか、お待ちしています」

洗糸はゆっくりと頷いた。

「思った通り、肝《きも》が据《す》わっていますね。山に入ることを許しましょう」

洗糸は広足に言うと、尾根筋を歩きはじめた。

「一言主《ひとことぬし》さまは相変わらず口を開いてくれませんが、大峯を気に入って下さっています」

前を向いて歩いたまま、洗糸は言った。艶《つや》のある長い髪が左右に揺れている。

「それほど居心地がいいとはね」

小角は感心している。

「このまま居つかれる勢いです」

「それは困ります」

思わず広足は声を上げた。

「一言主さまは古くから葛城《かつらぎ》の地と民を守って下さっている方です。勝手に遷《うつ》すなんて横暴です」

「私も一言主神も賭けを承諾し、そして私が勝ちました。もうしばらくいてもらいますよ」

洗糸の言葉には抗弁を許さぬ強さがあって、広足は口をつぐんだ。

道は一度急激に落ち込んで川筋に出て、再び急な登りとなる。細く険しい道で、時折崖のようにすらなる。川筋から立ち上ってくる涼風に、広足は汗を拭った。

「里育ちは足も弱いですね」

確かに小角や洗糸に遅れがちだが、広足も葛城の山中を大蔵に引きずられるようにして駆け回ったものだ。脚力には自信があったが、それも揺らいできた。

「私に言わせれば、葛城など山のうちに入りません」

「では大峯以上の山はないと仰るのですか」

「この国にはもっと高く大きな山があるし、海を越えればさらに雄大な山並みがありますから。天が下に己が一と考えるほど傲慢《ごうまん》なことはありません」

洗糸は広足の抗弁を一蹴した。

「海を渡ったことがあるのですか」

「以前箕面《みのお》で小角と見ましたね」

洗糸はちらりと小角の方を見た。

「摂津《せっつ》の箕面に大きな滝があってね」

小角が続けて口を開いた。

「あちこちの山を巡って修行している時に、箕面で滝行をしていたんだ。瞑想《めいそう》にふけっているうちに、滝の裏側から呼ぶ声を感じて行ってみると、そこに天竺《てんじく》があった」

「て、天竺？」

広足は危うく浮き石に足をとられそうになった。

「箕面にいらっしゃったんですよね」

「の、はずだったのだけどね。私が修行している気配に感応して、天竺の竜樹《りゅうじゅ》という僧が私に声をかけてくれたのだ」

「竜樹……」

竜樹、すなわち天竺の高僧、ナーガールジュナであるが、広足はその名を知らない。

「ともかく、彼に導かれて天竺に行ったのだが、あちらの山は凄いぞ。葛城の十倍は高く大きな山が延々と連なっている。あまりに驚いて、洗糸を連れて行ってやったのだ」

「あちらの山にはどんな方々が住んでいるか、興味がありましたから」

洗糸もこともなげに言う。

「その恩はあるとて、広足を客として迎えるかどうかはわかりませんよ」

「ではなぜこうして、彼女も含めて案内してくれているのかな」

「小角、あなたには用がありますから」

だったら空を飛んでいるコンガラたちを狙わないでいてくれたらよいのに、と思ったが、二人の童子は洗糸に怒る様子もなく、洗糸の手を引っ張るようにして山道を歩いている。

「都の験者が何をしてくるかわかりませんから、目の利く弓手に見張らせていたのです。挨拶《あいさつ》もなしに飛んでくるご自身を省《かえり》みてください」

洗糸の話し方は穏やかだが、刃ですっぱり斬るような鋭さもあって爽快《そうかい》であった。

気が強い人だなと思って見ていると、

「世にはもっと柔らかい女性はいっぱいいるんだよ」

小角はいつの間にか広足の隣にきて、広足の心を読むかのように苦笑交じりで言った。

「ともかく、洗糸の刃でも斬れず、一言主の力を借りねばならぬものが山を騒がせているのだな？」

「それは里も同じようですね。小角の方は何かわかりましたか？」

「里の鬼は山から来ていると噂になっている」

「……何が起きているのか、その目で確かめてもらいたいのです」

と言って足を速めた。小角はその細い後ろ姿に思いのこもった視線を送り、ふう、とため息をついた。

「好いておられるのですか？」

「私が洗糸を？　まさか。彼女はこの山に住まう神に仕え、人々を守るために生きている。そうすべく幼い頃から育てられ、自らを鍛え、覚悟を固めてきたのだ」

そう語る横顔はいつも通り微笑を含んだ静かなものであったが、広足にはどこか憧れや想いを帯びているようにも見えた。

四

土蜘蛛の村が近づいて、広足は手のひらが汗ばむのを覚えた。葛城よりも南に位置しているためか、夕刻に入っても山の上の風はやや温かい。

「山の気配が濃いですね……」

そう言うと、

「広足にもわかるか」

小角は嬉しそうな顔をした。

「気配の源はこの辺りの山を統《す》べる神だ。国常立神《くにのとこたちのかみ》と呼ばれている。あそこにいるよ」

村の入り口に巨大な磐座《いわくら》が鎮《しず》まっている。姿は見えないが、かなり古い神らしいということは広足も知っている。

「この大峯が生まれると共に姿を現したと伝えられているから、大和のほとんどの神より古い。まさに土蜘蛛たちが奉じるにふさわしいお方だね」

飛鳥と葛城の一帯しか知らない彼女にとって、古き民は遠い存在である。朝廷との往来があるといっても、広足が彼らを直接見るわけではない。

大蔵が古き民のことを話す時はおどろおどろしい口調になるので、漠然と恐ろしい連中なのだと考えていた。彼らは野獣のような連中で、大和の人々に鞭打《むち》たれて従うべき存在だと教えられていたのだ。

だが、洗糸の挙措《きよそ》は美しく、都のほとんどの人間よりも気品があった。それに、村へと続く道は狭くも美しく清められ、路傍《ろぼう》の祠《ほこら》には小さな花が供えられている。道行く人々は堂々としていて小角や広足を見て怖《お》じることはない。

一行が村に入ると、土蜘蛛の人々が緩やかな歩調で歩み寄ってきた。そして洗糸の前に来ては両てのひらを露《あら》わにし、舌をちろりと出して頭を下げていく。

「彼らの挨拶だ。手に武器を持たず、口に異物のないことを示している」

顔見知りであるらしい数人が小角の前に来て土蜘蛛式の挨拶をし、小角も同じように礼を返していた。

村には十ほどの木で組まれた粗小屋があり、その中央には大きな火が焚《た》かれている。火の周囲では鹿らしき獣が皮を剝《は》がれて開かれ、遠火で炙《あぶ》られていた。いつの間にかいなくなっていたコンガラとセイタカが、その炎の周囲を楽しげに走りまわっていた。

「あの鹿の干したやつはうまいんだ。山塩との相性がまたいい」

「小角さまは肉食をされないのでは」

「最近やめたんだよ。以前は好きだった」

と言いつつ、視線はじっと鹿から滴り落ちる脂《あぶら》に向けられている。

「お望みなら肉や魚も食事に加えますよ？」

「それは嬉しいな」

小角は言ったが、土蜘蛛の老人が勧めてきた鹿の肉を食おうとはしなかった。

「食えば調子が悪くなるとわかっているものを、何も好んで食うことはない」

広足は鹿の肉に目を向けて、いつの間にか減っていることに驚いた。洗糸が揺れては減っていく肉の傍までいって、腰を屈めた。

「見よ」

何もないところから、掠《かす》れた声がした。

「一言主神の今日の一言が出ました」

洗糸が澄ました顔でそう言うと、一人の男の影がじわりじわりと浮かび上がってきた。その衣は美しく、大臣《おおおみ》のものによく似た袖《そで》の広い紫のものである。だがうずくまって肉を食っているその様は、野獣のようであった。

太っている、というか体中に筋肉の鎧《よろい》をまとっているようだ。肉を一口頬張る度に、首筋と袖口の筋がぐりぐり動く。

「元気そうだ」

小角が言うと一言主は振り向き、ふんと鼻を鳴らして再び肉を貪り始める。そして腿《もも》を一本綺麗な骨に変えると、背中越しに小角に投げつけた。

「おっと！」

錫杖《しやくじよう》で受け止めた小角は軽々と骨をへし折り、一言主に優しく投げ返した。

「この中もうまいんだよ」

骨の髄《ずい》を啜《すす》った一言主は、両手に折れた腿の骨を持ち、黙って小角に近づくと打ちかかった。無造作ではあるが、激しく鋭い打ち込みである。小角も受けて立ち、土蜘蛛の村は騒然となった。

「やめよ！」

洗糸は雷鳴に似た音を立てて激突する二人の間に割って入り、矛《ほこ》を舞わせて見事に分けた。

「人の村で暴れないで下さい」

と洗糸が小角を叱りつける。

「突っかかってきたのはあっちだよ」

小角は錫杖を地に突き立てて静かに言い返した。鼻息を荒くしていた一言主であったが、

「一言主さま、ここでは私の言葉に従うと約束したでしょう」

そう洗糸に言われると、鼻を鳴らして鹿のもとに戻り、食事を再開すると共に姿を消した。しばらくすると、鹿の骨がたき火に炙られているのみとなった。

「一言主さまを連れてきた理由を、まだ教えていただけないのですか？」

広足は気になって仕方がなかった。族神がこれほどまで、他の氏族の言葉に従っているのが不思議なのだ。

「確かに洗糸さまが賭けに勝ったのかも知れませんが、やはり別の氏族の神を手下のように使ってよいものなのでしょうか」

洗糸は瞳を大きくして広足を見た。

「なかなか利口な口のきき方をしますね」

「私が弟子として見込んだ娘だからね」

小角は得意げだ。

「そのような苦情を持ち込まれることを覚悟で、一言主さまを大峯まで引っ張ってきたのには理由があります」

凛《りん》とした声で洗糸は言う。

「それは都祁の保呂に頼まれたことか？」

「いえ、私が頼んだことです。葛城はもはや、都の一部のようなもの。朝廷の作った大道に囲まれ、人は流れ、心も流れ、そして得体の知れぬものも流れるようになってしまいました」

「道は人を繋げ、国を広げる良きものではないのですか？」

「道は人を変え、国を変えます。だが、山は変わらないし、変わることを望んでいない。何かを強《し》いられるのであれば、私たちは抗《あらが》わざるを得ないのです」

「それでも、朝廷に弓を引くというわけではないのだな」

小角は念を押す。

「山の民は戦いを望んでいません。ただ、昨日と同じ暮らしをまた今日、明日と続けていきたいだけなのです。山に異変が起きればそれを収め、また平安な日々を過ごす。それが我らの願いです」

「その願いのために、一言主の力が必要か」

頷いた洗糸は、まずは体を休めて下さい、と二人に目礼《もくれい》して去っていった。

案内されるままに村の広場を横切ると、コンガラたちが焚火《たきび》の炎を布団のようにまとって眠っていた。

村には新たな小屋が一つ作られており、案内してくれた娘は一礼して去っていく。

「小角さまと同じ小屋なのですね」

木の葉を敷きつめただけの簡単な床だが、山の中では極上の寝床《ねどこ》であった。小屋は狭く、手を伸ばせば小角の顔に届きそうだ。自分で口にしておいて、広足は焦った。

「休めと洗糸が言っているのだから寝ていよう。おやすみ」

小角はそう言うと瞼《まぶた》を閉じ、あっという間に安らかな寝息を立て始めた。

五

都祁からただ一人飛鳥にやってきた少年は、薄暗い寺院の一室で静かに座っていた。

「怖くはないのか」

中大兄皇子もまた、一人である。寺院の周囲は蘇我石川麻呂《そがのいしかわまろ》の精鋭数十人によって守られている。だが、保呂と話す際には誰も近づけるなと中大兄は命じていた。鎌足さえも、共に入ることを許さなかった。

「畏れとは、己の力と心が及ばぬ山川や神、妖に対して抱く心だ」

小さな丸顔と小柄な体は優しげな印象だ。だが、大きな黒い瞳の中には、飛鳥の皇子に対する恐れは全くない。

中大兄は乙巳の変以降、これほどまでに正面から見据えられたことがなかった。

「各地の山の民に使いを送り、反乱を起こそうとしているのは本当か。それに都を騒がせている〝鬼〟、あれを送り込んでいるのはお前たちだという噂もある」

「どちらも知らない。反対に伺いたい。里から山へと禍々《まがまが》しきものが送り込まれているという。それは本当か」

中大兄は、まだ少年の面影《おもかげ》が濃い保呂が自分と対等に向き合っているのが不愉快であったし、また、感嘆してもいた。

「禍々しきものとは何だ」

「神を喰らうものだ」

それは中大兄にも心当たりのないことだった。だが、保呂が自分たちに不満を抱いていることは十分理解していた。

「神を喰らう云々は知らぬが、政《まつりごと》は試みて省みることの連続だ。あなたの目から見て間違いがあるというのなら、教えて欲しい」

中大兄は辞を低くして願った。保呂は一瞬、驚いた表情を見せた。

「あなたの築く道は、山を貫き川を越え、国を繋いで人も物も都へと集めている。それだけの力を、一体どうするつもりなのだ」

「私は蘇我を討ち果たしてから、新たな時を刻み始めた。それを大化《たいか》という。その意味をご存じか」

保呂は首を振った。

「我らの国は、これまで小さく分かれ、貧しく暮らしていた。国衙《こくが》に朝廷の者がいたとしても、実際はそれぞれの地に、それぞれの王がいるに等しかった。大和の内にある都祁ですら、保呂、君のような長がいる」

「そして、それぞれが奉じる山があり、神がいる。それが人の暮らしだ」

「だからこそ、大化が必要なのだ。大化は大いに化《か》わること。そして大と化《な》ることだ。そのために、全ての力を一に集めなければならない。そのために大いなる道を築かねばならぬ。この政のどこに誤りがあるのか」

保呂は一つため息をついた。

「道は確かに人を動かすだろう。物を四方に運ぶだろう。だが人も物も流れ去った山はどうなるのか。奉じる人のいなくなった神はどうなるのか」

「人は必要とされる場所に集まり、神も奉じて欲しければ我がもとに来ればよい」

「だから喰らうのか」

「それは知らない」

二人の視線が激しく交錯し、保呂が先に口を開いた。

「山に在っては益あるものも、里に下りては害をなすものに変わることもある。山に静かに暮らしていた妖や鬼の類も、いずれ都に集まるぞ」

　中大兄はふふ、と笑った。

「そのあたりに思案が及ばぬ我らではない。唐《とう》より仏の教えと退魔の法を取り入れ、賀茂大蔵に修めさせている。いかなる妖が都にはびころうと、怖れることはない」

「そのような思い上がりこそ、怖れを知らぬ者の言葉である」

　保呂の声は厳しさを増したが、中大兄の口調も激しくなった。

「そうではない。我らは神も山も尊んでいる。それは道のあるなしに関係ない。祖、神日本磐余彦《かむやまといわれひこのみこと》　尊が熊野《くまの》から玉置《たまき》の山に登り、神々と交わって以来それは変わらぬ」

　激して腰を浮かしかけた中大兄は、自らを落ち着かせるように座った。暗い部屋に沈黙が垂れ込め、しばらくして中大兄はもう一度、今度は静かに問いを放つ。

「そちらの問いには答えた。私の問いにも答えてもらおう。お前は知らぬというが、験者の長からも報告が来ている。何故、山の民をそそのかして我らに弓を引こうとするか答えよ」

だが保呂は諦めたように瞑目し、何も答えなかった。

六

同じ夜の闇だというのにこれほど違うのか、と広足は驚いていた。

土蜘蛛の人々が作ってくれた小屋は急ごしらえでありながら風も通さず虫も入らず、それでいてひんやりと涼しく快適であった。だが、小屋を取り囲む闇が息苦しい程で眠れないのである。里とは違う旋律で鳴く虫たちが、その闇を波打たせているかのようだ。

広足はそっと身を起こして外を見た。何もなく、しかし意思を持った存在に埋め尽くされたような闇が、無数の虫の集まりであるかのように蠢《うごめ》いている。

しかしそれは、不気味というよりはどこか温かみと親しみがある。死と恐怖ではなく、生と希望がそこにあるような気がした。闇の中に包まれていたい、と思うほどの誘惑に、広足が立ち上がりかけたその時、

「外に出るのは止めておいた方がいいよ」

安らかな寝息を立てていたはずの小角が、瞼を開かないまま言った。

「起きていたのですか」

「眠っていたさ」

いつしか小角は端坐《たんざ》して、広足を見つめていた。狭い小屋の中に、小角の匂いが満ちていた。葛城とも大峯とも違う、深い山の匂いだ。

「だが、広足が大峯の闇に引きずり込まれるのを黙って見ていられるほど、眠りは深くなかったよ」

「引きずり込まれる？」

「そう。この辺りよりも優れた山は、天地に無数にあるだろう。だが、この辺りの闇は格別だ。古《いにしえ》より多くの外から来た者を引きずり込んできた」

小角が広足の手を軽く握り、目の前に座らせた。

「人が神や妖と呼ぶ者たちだよ。この辺りは、そういった連中を集める何かがあるらしい。普通は一つの峰に一人だが、大峯には多くの神を住まわせてなおゆとりがあるほどの力がある。神武がかつて玉置山に登って国常立神と話し合いを持ったのは、この大峯の力を憚《はばか》ったからだ」

「ならば大王と大峯の山々は親しい、ということになるではありませんか」

別に記録に残っていることではないが、と前置きして小角は話す。

「高千穂《たかちほ》に降臨した神武はおそらく、大峯の山々を〃そのまま〃にすることで助力を得ようとしたのだろう。里を手に入れても山を支配しない。そして、古き神も妖も人も、大和の王権には手を出さない。山の神々も、ここを出て何をしようという志があるわけではないから、その申し出を飲んだ」

もし小角の言葉が正しいとすると、ここ最近の朝廷の動きはかつての約束を破っていることになる。

「土蜘蛛は〃そのまま〃でいることを許された古き民の末裔《まつえい》だから、不愉快に思っているとしても不思議はあるまい」

小角が小屋の戸を開けると、ふいに村の中央にある篝火《かがりび》に火が入った。灰の中で眠っていたコンガラとセイタカが飛びあがっている。

「一言主が来た理由を目の当たりにできそうだ」

小角は立ち上がると、錫杖を持って小屋を出る。広足も袖の中の符を確かめながらその後を追った。

「呪禁《じゅごん》は使うな」

「使えないと戦う術《すべ》がありません」

「禁じる術は相手を力でねじ伏せる技。力量に差があってはじめて験を発する。それに広足の呪禁で倒せるような者はここにはいない」

「ひどい。小角さまが教えてくれないからではないですか」

「どの道、古く強い者への敬意を持たないものはいずれその報《むく》いを受ける。験力《げんりき》は何も私や大蔵のようにしか出せない、というわけじゃない。広足が作る神饌《しんせん》の方がよほど強い力を持つことだってあるんだ」

広足は不服ながら頷いた。洗糸は篝火の前に立ち、厳しい表情で二人を迎えた。

「いよいよ、何があったのか教えてもらえるのだな」

「神喰《かみく》いが出るのです」

洗糸は苦々しい口調で言った。

心当たりはありますか、と洗糸は小角を見つめて訊いた。

「神を喰う……か。本来そういう喰う喰われるといった関わりから解き放たれたものを神というが、喰うとは面白いな」

と答えたものだから、洗糸は不快そうな顔をした。

「山に神がいなくなれば、人は大いに迷惑します。山を荒ぶらせ、また鎮《しず》めて豊かさを保ち、命に活力を与えているのが山に坐《いま》す神です。彼らがいなくなれば山は死にます」

「どれほどの神が喰われた？」

「十を超える峰の神が姿を消しました」

一柱の神でもすさまじい力を持つ。そんな存在をいくつも喰う存在など、広足には想像がつかなかった。

「山の者は、飛鳥の王が神喰《かみく》いを遣わしたのではないかと噂している。そこなる娘が飛鳥の者だから、敢えて口にはしなかったのですが……」

洗糸は憂いに長い睫毛《まつげ》を伏せた。

「ふうむ」

小角は初めて呻いた。都には人喰いの鬼が出る。山には神喰いの妖が出る。そして互いに疑念を向け合っている。ただごとではないと広足も思った。

「この大峯に住まう神がそう簡単に喰われるとはな……」

「我らの力では神喰いの姿も力も詳《つまび》らかにすることができないのです。山の神や妖といった存在とは何かが違います」

「なぜもっと早く言わなかった」

と問いつつも、小角は顔をわずかに傾けて考え込んでいる。

「神武との約束で、里のことは里の者が、山のことは山の者が解決するという取り決めがありました。小角は我らと親しいが、やはり里の者です。そうそう力を借りるわけにはまいりません」

「意地を張ってる場合じゃないだろう」

「それに、葛城で事情を話して、里に盗み聞きされるのも避けたかったのです。一言主を大峯まで連れて来たのは、神喰いの正体をはっきりさせるため」

洗糸は闇の一点を見つめた。一言主が食事をしていたあたりだ。

「真《しん》を露わにする力と、私の力で相手を抑え込もうというわけか」

「姿さえ現させれば、あとは我ら土蜘蛛が神喰いを始末します」

洗糸はぐっと弓を握りしめた。

「神のいなくなった峰はどうなるのですか」

心配になった広足は訊ねた。

「山は荒れようとそこにある。人も妖も獣も容易に他の場所へ移れないとなれば、新たな神を迎えなければなりません」

山の神はもともと、山そのものであったり、巨岩や大木の精であったり、長く生きた獣であったりする。

「そういったものがいなければ、人がなる」

と小角が答えた。

「人が神に？」

「強い想いを抱いて山と一体になることができれば、その者は神となれる。山の民は古く、神に近いからな」

人の命を捧げて神への願いを奉る、という話は飛鳥でも古い話になっていた。人を生贄《いけにえ》にして神そのものにする、という言葉に広足は衝撃を受けた。

「洗糸さまも、神となれと言われればなるのですか」

「神を喰われた山々全てを、私一人の身で救うことができたらそれ以上のことはありません。もし許されるなら、そうします」

静かだが、強い口調で洗糸は答えた。

風がふいに生臭さを帯びて渦を巻いた。広足は異様な気配に身構える。そこに、

「神喰いが出ました！」

と松明を掲げた若者が駆けこんできた。

「どこです！」

「こ……こ……です」

激しく痙攣《けいれん》を始めた若者のもとへ駆け寄った洗糸が、その口の中へ手をつっこむ。

中から黒く大きな球を引きずり出して放り投げた。

「いい度胸ですね、神喰い！」

黒い球が地に落ちると同時に、その球から人の腕ほどもある蔓《つる》が猛然と伸び始めた。

「これほど近くにいたのに気付かぬとは……」

腕組みをした小角が首を傾げている。広足は洸糸が投げ与えてくれた剣をふるって蔓を切り飛ばすが全く追いつかない。

「小角さま！」

小角の体が蔓に巻き込まれて空高く投げ上げられるのを、広足は見ているしかない。だが、放り投げられた小角の手を、コンガラとセイタカの二人が摑んでいた。

「よかった……」

と安堵《あんど》する広足の足に絡みついた蔓が、地面に引き込もうとする。神喰いの本体であるらしい不気味な蔓は、洸糸や数人の土蜘蛛にとりついていた。

「一言主！」

手足を蔓に搦《から》め取られた洸糸が鋭い声で呼ぶと、葛城の神がじわじわと姿を現した。捕らえられている洸糸を憮然《ぶぜん》とした表情で眺めている。

「この者の正体を、真を明らかにして下さい！」

洗糸は望むが、一言主はゆっくりと首を振る。広足は空を見上げた。微かに白みつつあるが、まだ夜は明けていない。一日に一つの言葉と共に強大な力を放つ一言主の呪である。

広足は再び剣をひらめかせると、無数の蔓の中に斬りこんだ。

「夜明けまで踏ん張りましょう。そうすれば一言主様も言葉を発せられる」

洗糸が声を励ます。土蜘蛛たちも頷き、剣を舞わせて蔓を切り飛ばす。

「一人で戦ってはなりません！」

皆にそう言いつつ、洗糸は広足と背中を合わせるようにして構え、襲い来る蔓に対し続けている。小角は何をしているのだ、と広足が上空を見上げると、相変わらず童子たちに手を持たれて悠然《ゆうぜん》と飛んでいるように見える。

「小角さま！」

広足が叫ぶと、洗糸が苛立ったように矢を放った。

「慌てるな」

耳もと近くで小角の静かな声がする。

「मैं अचलनाथ तीव्र क्रोध का एक चरण दिखाया. पर्ल नदी झिझक को तोड़ दिया.《炎の明王よ我に不浄を祓う力を授けよ》……」

不動の真言《しんごん》が聞こえる。小角がコンガラたちの手を離し、落下しながら手を合わせているのが見えた。それが合掌《がっしょう》しているのではなく、印を結んでいることに広足が気付いた時、小角の周囲がかっと光を放った。

紅蓮《ぐれん》の炎が空を占めた次の瞬間、轟音と共に炎の矢が山肌へと降り注ぐ。山全体を搦め取ろうという勢いであった蔓を燃え上がらせた。

「無茶をする！」

洗糸は慌てて袖で口元を覆った。蔓は燃え上がり、紫の煙を噴き出した。

小角が叫ぶ。

「煙を吸うな。身を伏せろ！」

洗糸は広足を引き倒す。額が土に当たって痛いが、その隣で数人の土蜘蛛が喉元を押さえて倒れた。

小角の真言と共に、炎の竜巻《たつまき》が山を覆う。木の葉が舞い、耳元でごうごうと風音が轟《とどろ》く。

土が入らないよう目を覆ってしばらくすると、風が止んだ。

蔓の燃え残りが煙を上げ、洗糸が仲間たちの手当てを急ぐ。

広足もその手伝いをしようとすると、小角が歩み寄ってきた。一人だけこの騒動がなかったかのように清らかな姿であった。

「神喰いを倒したのですか」

「とりあえずは追い払った」

「勝ったのではないのですか？」

「いや、今のところ私たちの方が分が悪い。あれを見よ」

これまで村を見守る位置にあった大岩が、根こそぎなくなっていた。

「神が住まう磐座ごとやられるとはな」

小角はふう、と小さくため息をついた。

第四章

一

山肌に立った洗糸《あらいと》がくちびるを噛んでいた。朝日がその白い頬を照らしている。夜明けを迎えた喜びは欠片《かけら》もその面に浮かんでいない。

先ほどまで、気丈に人々に命を下し、他の山から応援に駆け付けた仲間たちと難しい顔で話し合いを繰り返していた玉置《たまき》の姫の表情には、疲れがにじみ出ていた。

国常立神《くにのとこたちのかみ》は山の神々の中でも別格に古く、そして力もある神であった。玉置の一帯に住まう人々だけでなく、多くの神々がその力を授かろうと訪れる。それだけに、

「お前がついていながら、国常立さまを神喰《かみく》いに攫《さら》われるとは何事だ」

と洗糸を責める声も上がっていた。

「一言主《ひとことぬし》や役小角《えんのおづぬ》を山に引き込んでまでしくじった責めはどうする」

という声にも、

「全てが解決したらどんな責めでも受けます」

そう毅然《きぜん》として言い返してはいる。だが、もちろん全ての峰の長《おさ》が文句ばかり言っているわけではなかった。国常立は大峯《おおみね》一帯の神と人の拠って立つ神である。それぞれが力を尽くして、その行方を追っていたのである。

「喰われたかどうかはわかるのか？」

小角の言葉に洗糸は手のひらを空に向けると、軽く振った。音もなく手首から翠《みどり》に光る何かが飛んで宙を舞う。

「きれい……。何を飛ばしてるんでしょう」

広足《ひろたり》が感心して言うと、

「よく見て」

と小角が指した。目を凝らして見ると、洗糸の手の先で、時折何かがきらりと光る。ごく小さな翠の光だ。

「糸……」

「そう。土蜘蛛《つちぐも》の人々は修練を積んで神と契《ちぎ》ることを許されると、この糸の術を授けられる。宙を飛び、罠をはるだけでなく、繭《まゆ》を作って人を包み、綻《ほころ》びを繕《つくろ》う万能の糸だ。特に長の洗糸の放つ糸の美しさは唐土《とうど》の絹も比べものにならぬ」

小角は洗糸の放つ細く鋭い光を見つめている。

「見えましたか？」

洗糸が手首を回すと、糸はすっと肌の内に吸い込まれていった。

「国常立さまと私たちの絆は消えていません。これまで神喰いに襲われた山の人々は、神に与えられた力を失ってしまっていました」

「つまり？」

「神喰いには、国常立さまを喰うほどの器量はないのかもしれません。そうであってほしい……」

洗糸は、祈るような口調だ。

「だといいが」

小角は杉に残った糸の切れはしを朝日にかざしながら言った。

「世の何よりも強く美しく、そしてしなやかな土蜘蛛の糸だ。だが、以前見た時よりもいささか元気がないように思えるが」

力なく洗糸は肩を落とした。

「弱っておられるのかもしれません」

「弱っているのは、あなたも同じだ。……広足よ」

その目が食事を作れと命じている。

「食事をしている場合ですか」

「広足の飯を食わないと力も出ない。洗糸、いくばくかの食材を分けてくれないか」

「それは構いませんが」

広足は洗糸の命を受けた若者に導かれ、集落の外れにある洞穴の前へと連れて行かれた。食材のしまってある蔵だという。見たこともない茸《きのこ》や木の実、そして山の芋が干されている。

「好きに使ってよいですが、何をするつもりです?」

「昨夜の宴で一言主さまが遺《のこ》された鹿の骨を使って一品作らせていただきます。どなたかお湯を沸かして下さいますか。あと岩塩を」

茸の香りを嗅ぐと、うまみの詰まった芳しい香りがした。広場の中央に湯を張った鍋を据えてもらうと、鹿の骨、茸、そして山芋をすりつぶした物をたっぷり加えて濃厚な粥《かゆ》を作った。さらに、火の中に骨をくべると、じっくりと焼き上げる。

やがて火の周りには村の人々が椀を持って集まり始めた。こぽこぽと煮立ったところに岩塩で味を調えると、小角に向かって頷き、大きな木の杓《しゃく》で配っていく。

洗糸たちはしばらく顔を見合わせていたが、小角がうまいうまいと豪快に食べるのを見て、最初は慎《つつ》ましく、徐々に激しくすすり始めた。

沈鬱《ちんうつ》だった人々の表情に、言葉と笑みが戻ってくる。

「よし」

皆の腹が満たされたところで、小角が大きく手を打った。

「力がみなぎって頭が働き始めたぞ。洗糸はどうだ」

「これからも村で作ろうと思うほどに美味《びみ》でした」

「よし、力を取り戻したな」

小角は手に持った糸を洗糸の手にそっと握らせた。

「この山にあってあらゆる命と共に限りない時を過ごしてきた神を心に想い、観てほしい」

小角の、少年と青年の境にある者にしては低く深みのある声は、食事をして落ち着いた洗糸の表情を、さらに穏やかなものに変えた。

静かに胸の前で手を合わせる洗糸の人差し指に、小角は糸を結び付ける。そしてもう一方の糸の先を錫杖《しゃくじょう》に結わえると、手の中でゆっくりと回し始めた。

短かった糸は少しずつ長さを増しながら錫杖の先を覆う。小角は糸巻きのようになった錫杖の先から糸を外すと、そっと空に放った。山肌を撫《な》でる風は静かではあるが、その風に逆らうように、糸は一方に伸びていく。

「国常立と洗糸の絆が、その居場所を教えてくれる」

囁《ささや》くように小角は言った。

「行こう」

「どこへです？」

まどろみつつ、洗糸は訊ねた。

「神喰いの顔を見に行くのさ。野放しにしておくわけにはいかない」

指を一度弾くと、洗糸は夢から醒《さ》めたように瞬きを繰り返した。

「国常立は我らの糸を感じ取ってくれた。私たちを導いてくれるはずだ」

「わかりました。すぐに出立の用意を」

「洗糸にはやるべきことがある。神がいない間の山と人を護らねばならない」

「しかし……」

「神がいなくなって不安な人々を束ねるのは、長の務めだ。大峯の山深くに分け入るのは我らに任せて、皆を安心させてやってくれ」

その言葉に、洗糸は残念そうに頷いた。

「貸して欲しいものがある。玉石《たまいし》の社《やしろ》は無事か様子を見てきてもらえるか」

洗糸は従者の一人を森の中へと走らせる。すぐに戻ってきた若者は大きく頷いた。

「その社を護っている鷹《たか》がいるだろう」

「鷹？　どうでしょうか。山に大鷹のつがいが何組かいるのは知っていますが……」

洗糸は首を傾げていたが、ぽんと手を叩いた。

「玉石社の横にある檜《ひのき》に代々巣を作っている鷹がいます。でも、それが？」

「彼こそ、国常立よりも古い神だぞ」

と小角が言ったものだから洗糸は驚いた。

「本当ですか」

「それも無理はない。彼自身が神であったことを忘れているくらいだからな」

「だったらどうしてあなたが知っているんです」

小角はそれに答えず、指笛《ゆびぶえ》を鳴らした。広足は背中をぴしりと叩かれたような心地がして姿勢を正す。鋭い音が山々に木霊《こだま》し、谷向こうの山から鳥の群れが飛び立った。

「遠古呂古呂遠布留布留《ところころとふるふる》……」

小角は地を踏み、空に向かって咆《ほ》えるように唱える。それは飛鳥《あすか》で夜刀《やつ》と談判した時とは打って変わって、荒々しいものであった。一節ごとに、広足は背骨を揺さぶられる。体が動き出しそうなほどに、小角の祝詞《のりと》と足使いは勇壮《ゆうそう》であった。

呪禁《じゅごん》の古い教えにある、今は滅んだとされる神への言葉であることに、広足は気付いた。土蜘蛛の若者の中には小角の動きを模して舞う者もいる。

いいえいっ、と最後に声を放つと、山が鳴動《めいどう》した。

「これは……」

洗糸は山を見て、そして空を見上げた。

「小角、何をしたのです！　山の気配が一変しましたよ」

「先代を呼び起こした」

それまでゆったりと流れていた風が渦を巻き、一点に収斂《しゅうれん》していく。その気配はやがて鷹の形をとって空を舞い始めた。小角が拳を上げると、その上に一羽の大鷹が止まった。

「永《なが》き眠りにつかれているところを、申し訳ない」

鷹に向かって小角は語りかけた。鷹は小角を見つめ、ついで、洗糸と広足を見て大きな欠伸《あくび》を一つした。そして羽根を一通りつくろった後、

「……お前の祈りの声、かつてこのあたりが火の山であった頃を思い出す」

そう掠《かす》れた声で言った。

「火の山とはどういうことですか」

広足が訊ねると、鷹はふんと鼻を鳴らした。

「緑に覆われたこの峰々も、元から天をつく姿であったわけではない。大海の底で貝や海老のすみかであったこともあれば、火の山として荒れ狂い、生ける者を近づけなかったこともある」

容易には信じられず、広足は小角を見る。

「古き者にしか語れぬ真実があろうというものだ。この方には人がつけた名前すらない。いかようにお呼びすればよろしいですか」

「わしは名というものに興味はない。だが符丁《ふちょう》として必要なら好きに呼ぶがいい」

「ではあなたのお姿を表して、風早《かぜはや》、というのはいかがでしょうか」

「永き眠りからわしを起こしたその力に敬意を表して受け入れよう」

「風早さまのお目覚めを心より言祝《ことほ》ぎ、御礼申し上げます」

「そういう堅苦しいのはよい。今はもう神を引退した身だ。どうせならお前たちの道づれとして扱ってくれい。で、何をすればよいのかな？」

「神を迎えに行くのですから、先代のお力添えがあれば心強いのです」

鷹は鷹揚《おうよう》に頷いた。小角はこれまで誰にも見せたことのないような丁寧な口調で礼を言ったが、その後は遠慮なく風早と呼び捨てにした。

二

飛鳥の板蓋宮《いたぶきのみや》の奥、早朝の大極殿《だいごくでん》に呼び出された比羅夫《ひらふ》は、頭を垂れて主君の言葉を待っていた。

「世は大いに革《あらた》まって既に四年が過ぎた。しかし、かくも騒がしい。大和《やまと》の内ですら、いまだ服さぬ者たちがいる」

気品に満ちているが、微かに苛立ちを含んだ声がまず発せられた。

「その騒がしさを求めたのは、皇子《おうじ》でございます。道を広げ、この日本を広げようとすれば、何者かとぶつかって騒々しい音をたてるものです」

太く、落ち着いた声がそれを宥める。乙巳《いっし》の変で朝廷の実権を握った二人の若者の叡智《えいち》が、この短いやりとりの間にも交換されていると比羅夫は感じていた。

「私は騒がしきを好まぬ。国は、日々の政《まつりごと》は、静かに、粛々《しゅくしゅく》と営まれていくべきだ。その教えに我らは命を捧げると決めた」

「さようです」

中大兄皇子《なかのおおえのおうじ》の言葉に、中臣連鎌足《なかとみのむらじかまたり》が頷いている。

「比羅夫よ」

皇子の言葉に比羅夫は顔を上げた。

「都祁《つげ》の長の態度、どう考える」

「迷った末の決断であったと考えます」

「飛鳥に来たことではない」

中大兄は不機嫌そうに言った。

「かけられた疑いに対してふてぶてし過ぎるのではないか。乱の企ても、鬼を都に放ったことも否定している。それほど潔白であるならば、都祁の民はどこに隠したのだ」

「御稜威《みいつ》を畏れ、山へ隠れたのではないでしょうか」

「違うな。我らの版図に入ることを嫌って姿を消したのだ。朝廷が民を摑んで離さないからこそ政は成るというのに。里も山も全て都に、皇子につながっていなければならない。何も逃げることはないのだ」

鎌足の激しい言葉に、比羅夫も口を噤《つぐ》んだ。その心もわかる。しかし、人々を代表し、一人で飛鳥から捕縛に来た将兵を待っていた保呂《ほろ》にも、相当な覚悟があったはずだ。

比羅夫は微かに浮かんでくる苛立ちを抑えて、反対に訊ねた。

「都祁の長が各地の山の民に使いを送り、蜂起《ほうき》を促していると聞きましたが、確たる証はまだ見つかっていません。都を騒がしている鬼も彼の仕業だという噂も流れおりますが、やはり噂の域を出ていない」

「その証を見つけるのが、お前の仕事だ」

鎌足は厳しい口調で言う。だが、比羅夫も証を探した結果、噂しか出てこないからそう言上《ごんじょう》しているのだ。

「大化《たいか》を憎んでいる者は多くいる。都で鬼の害に遭う者も増えている。葛城《かつらぎ》の一言主神は土蜘蛛の長に攫《さら》われたという。世が革まることに天地が騒ぎ抗《あらが》っているようだ」

鎌足が口調を変えぬまま続けた。

「都に出る鬼の勢いはもはや看過《かんか》できぬ。百を超える民が犠牲になり、流言《りゅうげん》が飛び交って止まることを知らぬ。不安は揺らぎを呼び、やがて乱を招く。我らの足もとが乱れることが誰の利となるかを考えねばならん」

黙って鎌足の言葉を聞いていた中大兄が、比羅夫の前に立つ。

「頼みたいことがある」

命じる、という態度ではなく、比羅夫は異様さを感じた。一度ためらいを見せた中大兄は、「大海人《おおあま》がいなくなった。探し出してくれ」と早口で言った。

「何ですと……」

「讃良《ささら》と蹴速《けはや》も一緒だ」

ならば半ばは安心だ、と比羅夫は胸を撫で下ろした。蹴速という狼人《ろうにん》の力は彼も知っている。

「舎人《とねり》の蹴速も一緒であればご心配には及びません。彼はもともと古き民であったようですし」

「あの狼人か……」

皇子は人払いした宮殿の柱にもたれた。乙巳の変の時はその辺りに鎌足が立っていたとされる柱である。

「大海人への忠節は見事なものだ。鎌足の私への忠心と変わりはあるまい。だが、彼はやはり我らとは違う。いつまでも傍に置いておくわけにはいくまい」

比羅夫は内心首を傾げた。皇子たちの法は、この天地に住む者を遍《あまね》く包みこむものであるはずだ。その中には、蹴速のような者も含まれていて欲しい。狼の顔はしているが、彼は間違いなく勇者であった。

「都祁の民たちは山に隠れた。隠れるとすればやはり大峯の深き山襞《やまひだ》であろう。長を捕らえた我らの血族である大海人が迷いこめば、その報復に人質とされるかもしれぬ。行って連れ戻してくるのだ」

立ち上がりかけた比羅夫に、「くれぐれも内密にな」と鎌足が声をかけた。

「今の我々は生まれたばかりの小鹿のようなものだ。己の足で立つことはでき、その口で草を食《は》むこともできるが、狼に襲われればすぐに首をへし折られてしまう」

「そのような者は私が許しません」

「心強い言葉だ。だが、まずは大海人を頼んだぞ」

皇子の顔に憂いと肉親への情が浮かび、比羅夫はどこかほっとした。

そう言って中大兄は去ったが、鎌足はそこにい続けていた。皇子の気配が十分に遠ざかったのを見計らったように、鎌足は比羅夫に近づいて腰をかがめた。

「異心を抱くでないぞ」

はじめ、比羅夫は何を言われているのかわからなかった。だが、顔を上げて鎌足と視線が交わった時に、背中に一筋汗が流れるのを感じた。

「あり得ません」

「皇子の志が何よりも聖なる道であるとすれば、私の策がその車となり、お前や大蔵《おおくら》が道を押しゆくのだ」

比羅夫は大蔵と並べて名を出されたことに、不愉快さを覚えた。

「大蔵を今のように使っていては、道に歪みが出るのではありませんか」

験者の長としての傲慢な振る舞いは、武人たちの間でも不評であった。

「人には使い方というのがある。あの者はあれでよい。お前は自らの務めだけをしっかり果たしておけばよいのだ」

瑠璃《るり》のように色のない瞳で比羅夫を見つめると、鎌足も去っていった。

宮殿を出た比羅夫が日暮れを待ち、老《おきな》の屋敷の門を叩くと、不満げな顔をして出てきた。

「こんな夜更けになんです」

「まだ日が暮れたばかりだろう」

比羅夫の視界の隅に、衣を直しながら奥へと隠れる女性の姿が見えた。

「女を囲っているのか。あちらの家に行けばよいだろう」

「家のない娘ですから」

と憮然とした表情である。比羅夫は気まずい思いをしながらも、皇子からの命を打ち明けた。

「皇子も比羅夫さまをいいように使いなさる。そして比羅夫さまは俺をこき使うときたもんだ」

そう言いつつ、老の機嫌はみるみるよくなってきた。

「腹立たしいことですが、あなたから見込まれた仕事は気合を入れてやることにしていますのでね。すぐに準備を整えます。槙《まき》!」

老は奥へと声をかけつつ部屋へと戻り、すぐに矛《ほこ》と弓を抱えて出てきた。

「都の外に馬は用意してある。都を出るまでは徒歩で、そこからは月明かりを頼りに天川《てんかわ》へと向かう」

「夜道を行くのですか。急ぎですな」

「急いでいるわけではないが、そこまで行けば人目もないだろう」

「困った皇子さまだ」

老が槙という娘を抱き寄せるのを見て、比羅夫は背中を向けてやった。

三

大淀《おおよど》で川を越え、吉野《よしの》の離宮で一夜の宿をとった大海人皇子と讃良、そして従者の蹴速は、夜明けと共に出立した。

　吉野は皇族にもゆかりの深い土地である。葛城と大峯の境にあり、神境《しんきょう》への入り口として参拝に訪れることも多い。験力を得ようと山で修行する者たちもここで山へ入る準備を整えることから、町としての賑わいもあった。

　だが、吉野より南は、いよいよ大峯の鬱蒼たる山が視界を覆い尽くしている。大海人も讃良も、この山々を目にするのは初めてではない。飛鳥の南に連なる低い山並みの頂に登れば、何重もの稜線《りょうせん》の向こう側に、大峯の大山塊を目にすることができる。吉野まで行けばその足元に触れられるのだが、そこから先へ入るのは大海人も初めてであった。

「山賊の類が出ればぼくと蹴速がいればいい。それに讃良は呪禁を使える。妖が出たって大丈夫だ」

「ですがお二人に何かあれば……」

「我が命に従ったということにしておけ。なあ、讃良」

「蹴速の心配ももっともだけど、私も小角さまに会ってみたい」

　と瞳を輝かせた。

「お二人がそう仰るなら仕方ありません」

蹴速はため息をついた。

「ですが、人には人の法があるように、山には山の掟《おきて》があります。山で修行を行う者はそれを十分に学んでから山に入りますが、お二人はそうではない。大峯に入ったら、私の言う通りに振る舞って下さい。そうでなければ、都にお戻りいただきます」

「わかったわかった」

命令されることに慣れていない大海人は頬を膨らませて不満げであったが、

「お山に掟があるなら、私たちは従います。当たり前のことよ」

と讃良は素直に蹴速の言葉に頷いた。

「でも、蹴速は山を離れて長いんじゃないの」

「私は大海人さまに拾われてからずっと飛鳥におりましたから、大峯の山を知りません。ですが、吉野を過ぎてから、体がおかしいのです」

「具合が悪いの？」

心配そうに讃良が首を傾げる。

「そうではありません。眠っていた何かを揺り起こされるような、そんな感覚です」

「蹴速のような狼人は、きっと古くから山にいたんでしょうね」

「そうかも知れません。狼は大峯の中に多く住んでいるようです。魂に刻まれた古《いにしえ》よりの記憶が私に何かを語りかけてくるのかもしれません」

「じゃあなおさら安心だ」

大海人が言ったから蹴速は驚いた。

「私は不安です」

「何故だ。お前の魂に山が語りかけてくれるなら、小角を探す時も迷うことはなかろう」

「もし山の力が強く、私を操るようなことがあったら……」

「そんなことはあり得ないな」

大海人は胸を張った。

「お山は確かにどこも畏れるべき場所だろうし、神さまはぼくよりもずっと偉大だろうけど、蹴速のことを想う気持ちがぼくに敵うはずがない」

と言いきった。

「皇子……」

「さ、行こう行こう。吉野から何日もかかるんだろう？　ぼくは早く小角に会いたいよ。そして一緒に空を飛んで帰るんだ」

皇子は元気よく大峯への山道を歩き始めた。道は進む程に狭く険しくなっていった。

四

小角一行は玉置からさらに南下し、熊野《くまの》への道に入っていた。山容は険しいが、風の匂いがこれまでと明らかに違う。

山中の道は細く、左右の橅《ぶな》と杉の巨木が枝を伸ばして頭上を覆って薄暗い。足下は踏み固められてはいるが、巨木の根こぶと石で波打っていた。

「こういう道が好きだな。無理に押し広げた道よりね」

軽やかに歩みながら小角は言う。

「潮の香りが混じり始めている」

「海が近いのですか」

広足には潮の香りはわからない。小角と山から漂う、深い緑の香りだけだ。山なら大蔵とも歩いていたのに、木々の見え方すら違うのが不思議だった。

「いや、普通に歩けばまだ三日ほどかかるだろう。だが、この時期は南東からの強い風が吹くからね。だから潮の香りがする。それにこの辺りに住む者たちも、実は海と縁が深い者が多いんだ」

「こんな山中で、ですか」

山襞は十重二十重に続き、緑の匂いが満ちている。

「ずっと山中であったわけではないと風早も言っていただろう。己の理解の及ぶところのみで考えていては、いつか山に飲み込まれるよ」

小角が広足をたしなめた。相変わらず、小角の歩調は飛ぶように軽やかだ。

「わしもこの辺りまで降りてくるのは久しぶりだのう。久しぶりすぎて憶えておらんが」

玉置の古き神は嬉しそうに目を細めた。

「風早は何故、神を辞めたのだ」

歩きながら小角は訊ねた。山は一段、また一段と低くなり、広足は汗ばんできた。朝の冷気が嘘のように温かくなっている。南東からの風は、湿っていた。

「そうだな」

しばし瞼《まぶた》を閉じて考えていた風早は、

「昔すぎて忘れたよ。火の山だった頃のことも、何故国常立に山を譲ったかも」

と静かな声で答えた。

「ではどうして、私の呼びかけに答えてくれたのだ」

「面白そうだったからな。長らくわしを呼ぶような変わり者もいなかったし、いい加減退屈していたのだ。そろそろ風に消えようと思っていた」

「それはつまらないな」

「そんなことはない。やるべきことを終えて消えるのであれば、十分だ。山に生まれ、いや、山に限らずこの世に現れ出てきた者のほとんどは、やるべきことも知らず、知っても為《な》さずに消えていくのだから、わしのような在り方は上等なんだよ」

「かぜはやふるし」

「かぜふるこみち」

コンガラとセイタカが山道を飛び歩きつつ歌っている。

「わしと同じ時を過ごしていた神の多くは、既にその存在を消している。だが誰も悲しむことはない。そうやって古い我々が消えても、新たな何かがこの天地を賑わしている」

風早はじっと広足を見つめた。

「だが、人という生き物はどうにも矮小《わいしょう》だな。もっと悠然《ゆうぜん》と、天地にある全てと時を分け合い、楽しめばよいのに」

いきなり言われて広足は動揺した。

「それは古き神さまからしたら小さく見えるでしょうけど」

「土蜘蛛の者たちですら、昔にくらべると気ぜわしくなった。あの長の洗糸が色々と心を悩ませているのを見ていると、こちらの胸までざわつくよ」

「眠っていると言いながら、結構ご覧になってるんじゃありませんか」

広足の言葉に、風早は照れたように頭を掻いた。

「しっかり眠っていたぞ。だが山の風に乗って色々と流れてくるんだよ」

「俗が楽しそうに見えたのならそう仰ればいいのに」

「お、生意気な娘だな。昔はそのような口のきき方をする者などいなかったぞ。なあ小角」

「小角さまも一言主さまにぞんざいな口をきいてますよ」

二人の言い合いを、小角が微笑んで聞いていた。そして、遠い存在だった古き神や山の民たちを、身近に感じている自分が広足は不思議だった。

「そろそろ近いぞ」

と言って小角が先を指さした。

玉置山から七つほど峰を越えたところに、深い谷で周囲の峰と隔てられた独立峰がある。

その麓の川沿いには集落があった。小角は無造作に入っていくが、誰一人出迎える者はいない。それどころか、人の気配がまるでしなかった。

「ここの神は喰われている。その後、人も妖《あやかし》も住みづらくなって離れたと見える」

遠目で見れば、同じく濃い緑に覆われた豊かな山なのだが、近づいてみると腹の底が冷えるほど荒れ果てていた。どの木々も苦悶するように折れ曲がり、長い棘《とげ》に覆われた蔓に巻きつかれている。

「こういう荒れた山でも草木は盛んに生えるのだから大したものだ」

「獣たちの気配すらしないですね……」

「神がいなくなり、妖や人がいなくなり、獣すら姿を消すと山は荒れる」

「死んでいるみたい」

「死ぬ、とはまた違う。草木の治めるところになるだけだ」

風早が小角の肩から飛び立ち、山の上を大きくひと回りして帰ってきた。

「山の中央には入らぬようにした。異様な気配の持ち主がいる」

「勘づかれると面倒そうだ」

「何かいるんですか？」

小角は指先で空の一点に触れた。きらきらと細い糸が一瞬光り、そして消える。

「洗糸と国常立を結ぶ糸はこの山に至っている」

だが広足は、荒涼《こうりよう》とした山から人や妖の気配を一切感じることができなかった。

「何も動くものは妖や人とは限らないということだ」

「じゃあ獣とか？」

「そう。魚も、そして虫もね」

小角が言い終わるとほぼ同時に、村の外の茂みがざわざわと蠢《うごめ》いた。不穏な気配に広足の肌が粟立つ。妖でもない、人でもない気配に村が囲まれていた。

空気を震わせる不快な音が山から湧《わ》き起こった。緑の葉が黄色に変じ始めている。

「雀蜂《すずめばち》を使役するのか」

小角が舌打ちしたのを見て、広足は身を震わせた。

「熊除けのつもりで持ってきたが、本気で使わなければならんようだ」

小角は地についていた錫杖を頭上にかざした。そして呪《じゅ》を唱えると、青い光を放ち始める。小さな破裂音を伴った雷光だ。小角は額の前に錫杖をかざす。

「महान ब्रहा मेरे लिए शक्ति दे दो《偉大なる雷帝よ、我に力を授けよ》！」

呪がそのくちびるから流れると同時に、辺りが暗くなりはじめた。山に一群の黒雲が飛来している。

「蜂の群れは一気にいかないと、後が恐ろしいからな」

木立が膨れ上がったかと思うと、黄色の塊が飛び出してきた。それが雀蜂の大群だと気付いた時には、一匹の、五寸はありそうな蜂が広足の首すじに向かって針を突き出していた。

「すまんな……艮《ごん》！」

小角が真言《しんごん》を唱え終わり気合をかけると、黒雲が光を発し、小角の掲げる錫杖に落ちる。地が震え、広足は思わず膝をついた。そこから八方に散った雷光が蜂の群れを切り裂いていく。

体を両断されて落ちる蜂の群れを見て広足が胸を撫で下ろしていると、小角はまだ難しい顔をして山を見上げている。唸《うな》るような羽音は収まるどころか、耳を圧するように大きくなっていた。

「まだ巣が……」

「私が祓ったのは単なる先ぶれに過ぎない」

木々の間に人影が見えた。だが羽音もそこからする。

「ほう、蜂の分際で中々しゃれた術を使う」

風早が感心したように呟いた。毒針が数本羽に刺さっていたが、体を振るうと地に落ちた。

「次に出てくる連中はわしでも無理じゃ」

さっと飛び上がった風早は上空に消える。

やがて雀蜂の顔と色を持った兵士が隊列を組んで小角たちの前に現れた。

黄と黒の禍々《まがまが》しい縞《しま》模様の甲冑《かっちゅう》は、鏃《やじり》を通さぬほどに堅牢《けんろう》に見える。巨大な牙のついた面頰から見える目は黒く、獰猛《どうもう》に光っていた。

「お前の一族はかつて、彼らのような強き兵たちを率いていた」

「ですが今は、人の情けで生かされています」

広足は応じつつ、急に何を言い出すのかといぶかしんだ。

「あの者たち、率いてみるか？」

「え？」

驚いている間に数人が槍を構え、一斉に突き入れてきた。体を捻《ひね》ってかわすが、蜂の兵たちは羽を震わせて軽々と追ってくる。

小角は錫杖を槍のようにふるい、蜂の兵たちと渡り合っている。だがいつもの余裕綽々《しゃくしゃく》、という風ではないようであった。

（私が率いるとは、どういうことだろう……）

小角は意味のないことは口にしない。もしかして、物部《もののべ》の血にはこの兵たちを統率できる特別な力があるのかもしれない。だが、自分には呪禁術しかない。

「我が力に……屈せよ！」

広足の符《ふ》が赤い光を発し、数人の兵の動きが止まった。だがそれだけである。すぐさま十数人の兵が止まった者たちを蹴倒《けたお》して広足に殺到《さっとう》した。

術が敵の数に追いつかない。毒を塗ってあるのか、槍の穂先は紫に光っていた。衣を掠《かす》めると、白煙《はくえん》が上がる。

いかずちが効くことを思い出した広足は符を一枚取り出し、雷帝印を結んだ。四肢から雷光が発し、短い髪がふわりと上がる。

「もう一度……禁！」

地響きと共にいかずちが放たれ、蜂の兵の隊列は四散して倒れた。だが、広足も髪は焦《こ》げ、衣はぼろぼろになって、思わず体を隠そうとした。

「違うな。私は率いろと言ったのだよ」

小角が自らの衣の袖をちぎって大きく振ると、広足の体を隠すだけの大きな布へと変わった。

「そんな術は知りません……」

咄嗟に呪禁を使わなければ、蜂に殺されていた。

「一つ何かを為すことができれば、全てはその応用でしかないんだよ」

考え込んでいる広足に、小角は「まずはご飯だ」と命じた。

「い、今ですか？」

「腹が減っては体も動かないし思案も働かない。ああ、唐菓子《とうがし》は二人分頼む」

何の用意もないと戸惑っている広足の前に、大きな袋を背負って現れたコンガラと
セイタカが見る間に即席の厨房《ちゅうぼう》を組み上げていった。なんと鍋や釜、米や油の類まで
持ってきている。

「いつの間に……」

「そろそろ一段落するだろうと思って、取りに行かせたのさ」

促されるまま飯を炊き、粉を挽いて菜種油《なたねあぶら》を温める。からりと揚《あ》がった唐菓子をぽ
りぽりと気持ちのよい音をたてかじりながら、小角はじっと考えに耽《ふけ》っていた。

「かわいそうな子たちだ」

そう言って、蜂の死骸《しがい》を一つ手に取る。

「意に沿わぬ戦いを強いられるほどつらいことはない」

「誰かに命じられて、ということですか」

「命じられているならまだましなんだけどね。生けるものの多くは、腹を満たすためか己を守るためにしか戦わない。そうでない戦いは、憎悪と悲哀《ひあい》しか生まない」

蜂の群れが再び襲ってくる気配はない。飯が炊けて湯気が上がると、広足もようやくひと心地がついてきた。炊き上がった飯を気持ちよく平らげ、最後の唐菓子を口に入れて爽快な音を立てて噛み砕くと、小角は立ち上がる。

「よし、力が湧いてきたぞ。先へ進もう」

小角は再び山道を歩き出し、広足も慌ててその後を追う。小角がくれた布はいつしか衣の形となってしっかりと彼女の体を覆っていた。深い山の香りに包まれていると、また力が湧き上がってくるようであった。

五

蜂の襲来は一段落したが、「この先に首領がいるようだ」と空の上から様子を見ていた風早が知らせた。

「首領?」

「正しくは彼らを操っていた力の源、かな」

小角の肩に止まった風早は、

「随分と薄着になったな」

と羽で目を覆った。

「広足がいかずちを起こして自分の衣を破ったんだ」

「それは目の毒というものだ」

鷹が嘴《くちばし》を鳴らして笑ったので、広足はむっとした。

「悪口ではないぞ。若い娘の体は、どれほど修練を積んでも勝てない程の力が宿っている。小角も心を乱されるほどではないかと誉めたのだ。気を悪くしたのならすまない」

よほど不機嫌な顔をしていたのか、と広足は焦った。古き神に謝らせてしまうとは、と慌てて頭を下げる。

「いいんだ。今のは風早が悪い」

小角は微笑んで言った。

「広足は風早を敬しているだろうが、だからといって非礼を我慢することはないよ」

風早は広足の肩に飛び移ると、優しく頭をこすりつけた。こういうところは妙にかわいらしくて、先ほどの不機嫌もなくなってしまう。

「さて、神喰いの顔を拝みに行くか」

風早が広足の肩を飛び立ち、一足先に山の中へと飛んで行ったが、すぐに戻ってきた。

「いかんいかん。今のわしにはああいう手合を相手にする力はなかった」

そう言って小角の背中に隠れる。先へと進むと、そこに巨大な壺《つぼ》のようなものが杉の巨木にぶら下がっていた。

「あんなでかい蜂の巣、見たことないわい……」

と風早は呻《うめ》く。広足もそうであった。そして、巣が霞《かす》むほどの蜂の兵たちが、巣穴から湧き出て威嚇《いかく》するように羽音を立てている。

「もう一度やってみるか」

小角が静かに言った。

「あの蜂たち、従わせてみるのだ」

そんな、無理です、と言いかけて止めた。

「やってみます」

「そう、できると思うところから全てが始まる。葛城の山に受け入れられ、大峯に許され、そして私と共にある広足には出来るはずだ」

だが一歩踏み出したところで広足は首を傾げた。

「でも、どうやって？」

ぷっと小角は吹きだした。

「広足、お前は誇り高き戦士の長、物部の血を引いているんだよ」

「私には天日槍《あめのひぼこ》の力は使えません……」

「じゃあ使えると思うことから始めよう。怒りを理解し、痛みを癒すのが将たる者の務めだよ」

広足は目を閉じ、物部の守り神である天日槍の姿を思い浮かべた。大蔵のもとに置いてきた槍と、心が通じたことはない。なのに、小角に背中を押されて、初めて向き合えるような気がした。

(誰だろう。懐かしい気配がする)

力強く、そして温かい。誰かの気配に似ている。

心の中に思い浮かべた銀槍がかすかな光を放ったところで我に返ると、手の中に細く優美な光の槍が握られていた。

蜂たちの羽音が止まった。そこに怒りや恨みはない。

「我が力に……」

と光の槍を振るいかけて、広足は動きを止めた。

槍を通して、蜂たちの心から悲しみと寂しさが伝わってくる。その悲しみを、槍の光と自らの思いで包み込む。

屈服《くっぷく》させるのではない。その悲しみを癒すのだ。

それだけを願うと、獰猛《どうもう》な心に、広足の願いがしみこんでいく。

顔を上げると、蜂たちが道を空けてくれていた。

「ありがとう」

広足は、そのうちの一匹を手のひらに乗せて礼を言った。小角は彼女の肩をぽんと叩いた。

小角を見ると、嬉しそうな笑みを浮かべている。

「よくやった。ここからは任せておきなさい」

と先へ進む。

蜂たちが空けてくれた道の先に、無数の凹凸《おうとつ》に覆われた巨大な蜂の巣が見える。

「偽りの神よ、出てくるがいい」

誰かいるのか、と広足が固唾《かたず》を呑んで見つめていると、蜂の巣の裏から人影が現れた。白い衣に長い錫杖を持った長身の男である。顔を石の仮面で覆い、何やら嘯《うそぶ》いている。

その人影は、小角とまったく同じ格好をしていた。

「克《かつ》！」

小角が山が震えるほどの気合を発すると、仮面が割れた。格好は小角と同じだが、その面相は全く別物だった。牙が突き出、額は張り出し、眉の上から歪《いびつ》な角が伸びている。

「わ……れは……おづ……ぬ……」

違う。あれは断じて小角ではない。広足は怒りに体が熱くなった。

偽者が錫杖を掲げ、呻き声のような呪を唱えている。すると、心を開いてくれたように見えていた蜂たちが再び凶悪な気配を帯び始めた。

だが小角は蜂の毒針を擬《ぎ》されても、偽者の自分をじっと見つめたままであった。

「化けるにしても、もう少しうまくやって欲しかったのだがな」

小角は錫杖を肩の上に担ぐと、美しく体を反《そ》らせて投げつけた。

宙をいくうちに青い炎をまとった錫杖は、偽者の胸元へと突き立って燃え上がる。

かたかたと不快な笑い声を上げながら、偽者は燃え落ちていった。

「気分が悪いですね」

広足が言うと、

「偽りの姿などあんなものだが、真の私もあんなものなのかもしれないね」

小さく笑って小角は答えた。それと共に、蜂たちの気配も穏やかなものへと戻っていく。

「この山の神は無事か。よかった」

小角は蜂たちと言葉を交わしているかのように頷き、奥へと進む。

すると割れた蜂の巣の奥にある木の虚《うろ》に、蜂とも人ともつかぬ女性が閉じ込められていた。

「先にはお前のような験者《げんじゃ》に閉じ込められ、今度は解き放たれるのか」

「私の偽者が失礼をした」

丁重に小角は詫びた。

「古き神を喰らい、力を盗む不埒者《ふらちもの》がいるから退治を手伝ってほしいと言われて信じてしまった。小角、お前に化けた者こそ神喰いであったのに、見抜けぬとはな」

縛《いまし》めを解かれた蜂の女神《めがみ》は大きく伸びをした。

「初めはよく化けていた。お前のことをよく調べていたのだろう」

美しい雀蜂の女神は羽を繕《つくろ》い、複眼を光らせて燃え落ちた偽りの小角を見た。

「……こやつはただの傀儡《くぐつ》だ。本物はお前が来たことを察して逃げたようだ」

女神は口惜しそうに牙を鳴らした。

「気がかりなのは喰われた神々だ。山の様子を見れば、彼らの存在が消されたわけではないことはわかるが……」

そう小角が考え込んでいると、おおい、と遠くからくぐもった声がした。

「小角、早く国常立を助けてやらんと」

広足の肩に止まった風早が言う。

頷いた小角は、捕らえられている神を解放してくれるように頼んだ。女王が巣に触れると、扉のように開いた。杣人《そまびと》の格好のがっちりした男が、膠《にかわ》のようなもので体をがちがちに固められている。

「言っておくが、国常立は私が固めたわけじゃないぞ」

蜂の女神が言う。

「自分で固まっていた。私と同じような姿がいいと」

「……とりあえず外してあげてくれ」

小角が頼むと、彼女はふっと息を吹きかけた。膠のようなものが剝《は》がれ落ちた。

「おお……あれ？」

ふっくらと丸い顔をした男神《おがみ》が、その中から姿を現す。

「国常立さま、女神の縛めの中は心地ようございましたか」

小角が笑いを堪えつつ問う。

「それはもう、温かくて柔らかくてな。わしは母のことも憶えておらぬほどに長く生きているが、これほど気分のいいものは……」

と言いかけて、周囲の視線に気付いた。一つ咳払いをした国常立は、

「危ういところをよく助けてくれた。いや、恐ろしかった」

とぼけた物言いに、女神は笑いだした。

「洗糸が心配していますよ」

小角が言うと、国常立は初めて申し訳なさそうに頭をかいた。そして風早の姿を見ると狼狽《ろうばい》して小角の後ろに隠れた。

「先代、目覚められたのですか」

「これだけ騒がしいと眠りも醒めるわ。ともかく、いくらここの女王が気に入っているからといって、山の人々や妖に苦労をかけてはならん」

「ですが、神喰いの正体を探るには相手の懐に入るしかなかったのです。まさかこの女王が神喰いとも思えなかったので」

「ずっとそこの女王に近づく機会を狙っていたのだから、この騒動も好機だったろうて。で、結局神喰いの正体はわかったのか」

風早はぴしぴしと問い詰めたが、国常立は太い首を傾げるばかりである。

広足は神々が交わすとぼけたやり取りに驚いていた。神喰いや鬼で、里も山も緊迫しているというのに。

「神々を我ら数十年で死を迎える生き物と一緒にしてはいけないよ。我ら人に似ている所もあるが、やはり違うのだ。自分を祀《まつ》ってくれる者への愛着はあるが、世俗のことは本来どうでもいいのだよ」

そう広足に囁いた小角は、「まあまあ」と間に入った。

「これで神喰いが現れることはしばらくない」

「どうしてそう言えるのじゃ？」

風早は怪訝《けげん》そうに首を傾げた。

「私に見られてしまったからね」

「お前に見られると相手に何か不都合があるのか」

「私のふりをしなければならないのが、相手のつらいところだな」

小角はいつしか、いつもの穏やかな表情に戻っている。

「さて、おおよそ私の考えに誤りはなかったようだ。帰る前に食事にしよう。広足、用意を頼むよ」

楽しさすら感じさせる、小角の口調であった。

六

これほどに深い山だとは、大海人も思わなかった。蹴速は音も立てずに、細く険しい道を登り続けている。

「讃良、大丈夫か」

大海人は日が落ちて足下も定かでない道を少女の手を引いて進む。軽やかな足取りが、重くなりつつある。こんな険しい山に連れてくるのではなかった、という後悔が胸に満ちた。

「歩くのは平気です。でも、この闇の気配……」

讃良は立ち止まり、苦しそうに胸に手を当てた。

「重すぎる」

「ぼくにはわからない。だがさすがは讃良だ。常人が感じられぬ気配も察してくれる」

少し口惜しそうな表情を浮かべた大海人であったが、すぐに誇らしげに胸を反らせた。

「でも無理をしてはだめだよ。引き返すこともできるんだ」

「あら、大海人さまは怖くなったのですか」

「ぼくが畏れるものなど、神々や仏くらいのものだ。あと兄上と」

「ここは神々の住処《すみか》なんですよ」

讃良は大きな瞳をきらきらさせて言った。

苦しさが一段落したらしく、手を天に差し伸べている。そこに小さな光がゆっくりと集まっていた。雪に似ているが、ふわりふわりと縦横に宙を舞っている。

「蛍《ほたる》？」

と顔を近づけた大海人が悲鳴を上げて飛び下がる。

「こ、この蛍、人の顔をしている」

「狼の顔をした舎人を従えた方が何を言ってるの」

讃良にたしなめられて、大海人はばつの悪い顔をした。

「そうだった。蹴速、この虫は山にはよくいるのか。讃良の指先に集まっているが、害はないのだな」

「古き山には珍しくありません。験力を持つ者の近くに寄り集まって、漏れ出る気を食らうのです。その量は微々たるもので、害を与えることはありません。私にもほら、数匹集まっています」

蹴速が灯《あか》りを上げると、確かに蛍に似た虫が寄ってきている。だが、大海人には一匹も寄って来ず、彼は憮然《ぶぜん》とした。

「人の力は様々あります。讃良さまのような力、私のような力、そして大海人さまのような力、それぞれは違いますが、それでいいのです。皆が同じような力しか持たなければ、世は成り立ちませんよ」

「ぼくは欲しいと思う力を全て手に入れる力が欲しいよ」

「ではそう願えばいいではありませんか」

讃良は蛍と戯《たわむ》れながら言った。

「願うところから始めなければ、何も手に入らないわ。大海人さまは生まれながらにして多くを持っているけど、いつもまだ足りないって顔してる」

「そんなことないけど……」

心の奥にあるものを言い当てられて、大海人は狼狽した。讃良は時折こうして、彼の心の奥に光を当てる。だがそれが、心地よくてたまらない。そうされるたびに、姪《めい》にあたる幼き少女に心ひかれていくのだ。

「この先から、山の気配はさらに濃くなります」

気遣うように、蹴速は讃良を見た。

「私は大丈夫。大海人さまが怖がらないなら、先へ進めるわ」

「怖がってなんかないよ。蹴速、先を急ごう」

大海人は声を強く張って言うと、舎人を促して夜の山を先へ進もうとした。

「いえ、今日はここで一夜を明かしましょう」

しかし、狼人の舎人は静かに主を止めた。

「ぼくは山を恐れてはいないと言ったはずだぞ」

「だからといって夜の山を侮《あなど》ってはなりません。むしろここまでよく無事で来られたものです。私も皇子の命ということで案内してまいりましたが、よくよく考えれば危ういことをしてしまいました」

「でも……」

「耳を澄まして下さい」

人頭の蛍はちらちらと讃良の周りを飛んでいる。その光の向こうから、岩を鉄の爪でひっかくような耳障りな音がたて続けに聞こえてきた。

「あ、あれは？」

「夜の山を徘徊《はいかい》する獣です。その毛に触れれば肉が切れ、牙にかかればその毒で一瞬にして命を落とす。日の光が嫌いで普段は岩穴の奥底でじっと息を潜めている」

蹴速は手早く火を熾《おこ》すと、大きく燃え上がらせた。炎が蛍の光を圧して周囲を照らす。

「光をとにかく嫌いますから、ここで火を焚《た》いて動かないことが大切です」

そう言って闇の中へ歩み入ろうとした。

「どこへ行くの」

「一夜の宿を作らねばなりませんから、適当な枝葉を集めてきます」

「ぼくたちだけにするのか」

「大海人さまはここで、讃良さまをしっかりとお守り下さいますよう」

その言葉に背筋を伸ばした大海人は頬を叩いて震えを止めた。

「よし、留守は任せて行ってこい」

「それでこそ皇子です」

蹴速はにこりと笑って木立の中に消えていったが、残された大海人は気が気ではなかった。讃良は光の中から寄ってきた蛍と戯れている。

「このお山、もみじ山っていうの？　秋には綺麗なんだ。うん、遊びに来るね」

「讃良、誰と話してるんだ」

「この子たちと。山のことを教えてくれてます。大海人さまも話してみたら？」

一匹の蛍が飛んで来て、大海人の耳元で何事かを囁く。だがそれは鈴を鳴らすような音にしか聞こえない。それに近くで見るとなおさら気味が悪くて、話を聞くどころではなかった。

思わず大海人はその光を叩き落としてしまった。

「何てことを!!」

「だ、だって……」

「そんなことをすると、山の怒りを……」

その時、山がずしんと揺れた。讃良と戯れていた蛍たちが慌てて闇の中へと逃げていく。残った一匹が急を告げるように鈴のような声をあげる。

「私たちは行けないわ。蹴速を待ってあげなきゃいけないもの」

讃良が優しく言うと、最後の一匹が何度も木に止まって振りむくように、森へと帰っていった。幸いなことに焚火《たきび》はまだ盛んに燃え上がっている。大海人は口の中が渇《かわ》くのを感じつつ、枝をやたらと火の中へ投げ入れた。煙が激しく立ち上り、讃良が咳き込む。

「ああ、ごめんよ」

涙目の讃良に見上げられて、大海人は何とか冷静さを取り戻した。地響きは間をお

いて何度も続いている。近づいたり遠ざかったりしている音を聞いているうちに、

「蹴速が戦ってる……」

大海人は微かに声を震わせて言った。

「どうしてわかるの？」

「時々聞こえる声、あれは蹴速が剣をふるう時のものだ」

讃良も耳を傾けていたが、やがて首を振る。

「私には聞こえないわ」

「ぼくにはわかるんだ」

駆け出そうとする大海人の袖を讃良は掴んで止めた。

「この闇は大海人さまには重すぎます！」

「そんなことは関係ない。蹴速の方が押されているんだ」

「蹴速が何のために闇の中で戦っているのか考えて！」

それでようやく大海人は足を止めた。何度も大きく肩を上下させて己を落ち着かせようとするが、体の震えは収まらない。ちらりと讃良を見た彼は、自分の頬を思いきり張って気合を入れた。

「蹴速は天下一の舎人だ。妖相手だろうが負けるはずはない」

というと炎に向かってどかりと胡坐《あぐら》をかいた。そして手を合わせて炎に向かい、一心に祈り出す。讃良もそれに和した。異様な唸り声と狼の咆哮《ほうこう》、そして地響きが交互に炎を揺らす。だが、大海人は瞑目《めいもく》して合掌《がっしょう》したまま、身じろぎもせず祈り続けた。

二人の頭上を何かが飛び、焚火から少し離れた杉の巨木に叩きつけられる。

「蹴速！」

頭を垂れて血を噴き出し、うずくまる狼人を見て大海人は目を見開き、駆け出そうとする。だが、讃良は懸命に止めた。

「怪我《けが》してるんだぞ！」

「見たらわかります。でも、蹴速は大海人さまに火の傍で待っていろと言ったんです。だったらそれを信じて待つのが主の役割ではないですか！」

「でも……」

大海人はしばらく拳を握りしめて堪えた。呻く蹴速がくちびるから血を流しているように、大海人も自らのくちびるを噛み破って血を流している。

そして大きく口を開き、「ぼくはここだ！」と叫んだ。ぴくりと蹴速の耳が動く。

「ここにいて、お前を見ている！」

うずくまっていた狼が低いうなり声を上げ始める。

「大海人さま！」

讃良が足にすがりついた。巨大な百足《むかで》が目の前まで来て、牙を鳴らしている。その口は絹を裂くような音を発し、吐き出す瘴気《しょうき》で草が枯れていく。大海人は百足から蹴速に視線を戻して震えを止めた。

「お前は誰だ！　ぼくに言ってみろ！」

凛とした皇子の声が山にこだました。

「私は……」

蹴速が剣を杖に立ち上がる。

「私は皇子の舎人、蹴速……。皇子のために、何者にも負けぬと誓いを立てた男だ」

それまでの戦いの息吹《いぶき》とは別種の咆哮が、狼の口から吐き出された。

「私は……お前を……喰らう」

大海人は耳元でした蹴速の声に震えた。だが蹴速が対しているのは大百足だ。狼人は人の部分を捨てて、巨大な狼へと変貌していた。山々に響く狼の声は、蹴速本人のものか、それとも山々の仲間たちが呼応しているのかすら定かでない。

蹴速は剣を捨て、その代わりに大剣のように伸びた爪を閃かせて百足へと斬りかかる。無数の足と鋼の硬さを持つ皮膚《ひふ》と爪がぶつかり合い、闇の中に火花を散らす。

地を這う虫とは思えぬほどの速さで百足は蹴速と五分に渡り合って見せる。一方の蹴速も、百足の激しい攻撃に一歩も引かずに爪剣を振るい続けていた。

「勝負がつかない……」

大海人がくちびるを噛む。負けるとは思わない。どちらも山に住む者として自在に躍動している。百足が虫の王だとすれば、狼は獣の王であろう。王同士の戦いに終わりはなかった。

どちらもが傷つき、緑の血と紅の血が山肌を彩る。激しく燃え盛る焚火にぬらりと光り、蹴速が一瞬足を滑らせた。

「あっ！」

大海人と讃良が声を上げた。牙を鳴らして百足の巨体が蹴速に覆いかぶさる。ぎちぎちと無数の足と牙が何かを切り裂く音がして、大海人たちは目を覆った。だが、百足の動きはやがて止まった。その下から蹴速が這い出て、二人のもとにたどり着く。

「蹴速！　蹴速！」

「すぐに手当てを」

讃良が大海人を押しのけて薬を塗って水を飲ませると、失いかけていた意識を取り戻した。

「……申し訳ありません。負けるところでした」

「そんなことはいい。生きていればいいんだ」

と大海人は涙を流して蹴速の首をかき抱いた。

「今度はぼくが守ってやる」

大海人は膝を震わせながら、それでも蹴速と讃良を守るように前に出た。

「なるほど。私が見込んだだけはありそうだ」

百足が首をもたげて言う。

「お前なんかに讃良と蹴速はやらせない！」

「そうか」

一歩、百足が前に出た。だらりと首を下げてはいるが、牙から滴り落ちる唾液で草が煙を上げて枯れていく。

「お前は先程山を侮る行いをした。都でどれだけ尊い地位にいようと、山の中では役に立たぬ。山を敬し、山に身を委ね、そして生き延びる強さがあるものだけが尊重されるのだ」

「違う！」

大海人は叫んだ。

「ぼくは皇子だ。天地を統《す》べるべくこの世に在る者が、山の妖に負けるわけにはいかない。何者も恐れず、誇り高く死ぬのだ！」

怖がらなくていい、と讃良を励まそうとして大海人は不審に思った。讃良には全く怯《おび》えた様子がなかったからだ。その理由を聞こうとしたが、

「では死ぬがいい」

という百足の宣告に遮《さえぎ》られた。その時である。

「お待ちください」

讃良が鋭い声を発した。

「賀茂役小角《かものえんの》さま、ここは山の掟が治めるところです。私たちが山へと入るに非礼がありました。心よりお詫び申し上げます。しかし、大百足の口を借りて我らを弄《ろう》するのはいけません」

大海人が呆気にとられていると、大百足は地面を這い、ゆっくりと地中へと消えていった。

後には、白い山装束をまとった長身の男が闇の中に立っている。

「招いておいてこのように荒々しく迎え入れるのが、山の流儀なのですか」

小角は美しい喉を反らせて笑った。

「狼人の勇士よ、こちらへ」

小角はよろめきつつ近付いてきた蹴速に手早く薬を飲ませ、呪を唱えつつ傷口に触れてゆく。血が止まり傷口が塞がっていく様を、蹴速は驚きをもって見ていた。

「さすがは古き山のつわもの。思った通りの強さだな」

「戦っているうちに、殺すつもりがないことが感じられて、奇妙に思っていました」

「私の考えに足るだけの強さと賢さがあるのか、確かめさせてもらった」

「殺すつもりもないのにひどいことをするな!」

と息巻く大海人を、蹴速が止めた。

「何故止める」

「あの方を怒らせてはなりません」

「あいつは山の民ではないだろう。賀茂は我ら朝廷に仕える身であり、賀茂役はさらにその下につく者だぞ」

大海人は言うほどに腹が立ってきた。だが、蹴速は大百足を前にした時にはなかった怯えをあらわにしていた。

「山では里の掟も序列も通用しません。ですがあの方は、山のあらゆる力を使うことを、この山の者たちに許されているのです。そのような者は、誰もいません。あの方の言葉は山に認められたものであり、従うことを拒むのであれば山を出るか……」

「出るか、何なのだ」

「命を捧げるしかありません」

懸命に言う蹴速の言葉に大海人も口を噤んだ。

「いい舎人を持っている。これから何度もあなたの命を救うだろう」

小角は感心したように頷いた。

「言われなくてもわかっている。蹴速はぼくの宝だ」

「だが、あなたがもっと賢くならなければ、せっかくの宝も磨《す》り減っていく。私が毎度あなたを助けられるわけでもない」

反発したいが、胸の中にすとんと落ちていく。それがまた、悔しかった。その様子を見て、小角がふと表情を和らげた。

「蹴速を友とし、山に親しめるあなたにしかできぬことがある。私に力を貸してくれないか？」

大海人は憤然《ふんぜん》として小角に背中を向け、蹴速と讃良が丁重に小角に礼をしているのを横目で見ていた。

「……何をさせるつもりなんだ」

小角が空を指す。すると、空が白み始めていた。錫杖を掲げると、そこに微かな光が集まり、やがて強まっていく。その光は靄《もや》を貫いて七色の橋を天空に架けた。

「あなたたちには、あれになってもらう」

そう言ってにこりと笑った。

第五章

一

　阿倍比羅夫《あべのひらふ》と坂上老《さかのうえのおきな》が大海人皇子《おおあまのおうじ》一行の行方を知ったのは、吉野《よしの》の山中、金峯山《きんぷせん》寺《じ》と扁額《へんがく》が掲げられた小さな伽藍《がらん》であった。にこやかだが何も言わない二人の童子《どうじ》に導かれて入った庵《いおり》に、験者《げんじゃ》の姿をした若い娘が訪れたのである。

「物部韓国連広足《もののべのからくにのむらじひろたり》と申します」

　と弾むような声で頭を下げた娘を、比羅夫は見たことがある。

「賀茂大蔵《かものおおくら》どのの従者でなかったか」

「事情により、いまは小角《おづぬ》さまにお仕えしています」

　修行者の衣を着ているが、耳にかかるほどの短い髪を傾けている。わずかに目を伏せている美しい姿に、比羅夫の心は妙に騒いだ。

「あの、よろしいでしょうか」

広足は早速用件を切り出した。

「大海人さまたちの行方を知っている、だと？」

「小角さまが保護されています」

「おお、行き会えたのか。ご無事なのだな。いつ頃山を下りてこられる予定だ。我らが伴って都へ帰りたい」

「皇子は山で物憑《ものつ》きになられましたゆえ、小角さまは祓《はら》いを行っております」

比羅夫が広足の心底を探るように見つめると、広足は困惑したように目を伏せた。

「大峯《おおみね》の山は妖《あやかし》も多いであろうから、それも理だろう。小角が守っているのだな？」

広足が頷いたので、比羅夫たちは顔を見合わせて安堵《あんど》の吐息《といき》を漏らした。

「だが、祓うにしても我らが迎えに行ってはならぬ、ということにはなるまい」

「では、皇子をお戻しする代価《だいか》をいただかねばなりません」

と広足が言ったので比羅夫は驚愕《きょうがく》した。

「代価を求めるのか」

「小角さまは朝廷から禄《ろく》を頂戴《ちょうだい》しているわけではありませんので」

そうなのか、と比羅夫は小声で老に訊くが、老が知っているはずもなかった。

「賀茂の掣肘《せいちゅう》を外れて自由に山野で修行してよい、とのお言葉を天皇よりいただいております」

験者の長《おさ》に仕えていたはずの小角が神出鬼没である理由の一端がわかった。そして大海人皇子を引き渡す代価を訊ねてみると、

「都祁《つげ》の保呂《ほろ》をこちらに渡していただきたいのです」

そう広足は要求してきた。さすがの比羅夫も、これには一瞬言葉に詰まった。

「保呂どのは命によって都にお連れした。その客人を渡せとはどういう了見か」

「それは私の与《あずか》り知らぬところです」

広足という娘にはどこかとぼけた感じがあって、比羅夫は今一つ踏み込んで問い詰められずにいた。

「わかった。だが、代価を払うのであれば、中大兄さまに許しを得なければならない。その前に皇子を我らのもとに返してもらえるか」

「取引は代価と目的のものを交換するのが常だと思いますが」と首を傾げる。老は怒って立ち上がりかけたが、比羅夫はそれを引き止め、「一度飛鳥《あすか》に戻って、三日後に

はここに戻ってくる。それでいいか」と尋ねた。

広足は頷くと庵を出ていった。

それを見届けると、比羅夫は老を伴って寺を出た。さらさらと風が枝葉を揺らす中を、二人は軽快に下って行く。

「いいのですか。我らは勅命《ちよくめい》を受けてきているのですよ」

寺から十分に離れた頃を見計らって、老は訊ねた。

「大海人さまの身柄はあちらに握られているのだ。無闇《むやみ》なことはできぬ」

「は……。しかしあの広足とかいう娘の物言い、いくら小角の使いとはいえ腹立たしいですな」

「小角は皇子が賀茂大蔵で退けられなかった妖を退けるほどだ。こちらの足元を見ても文句は言えまい」

「比羅夫さまは案外と気が長い」

「武人は気が短いと務まらんよ。相手はこちらと戦争する気でいるのだから、常に冷静でないといかん。戦の前に相手に罵《のの》られたり挑発されることもあるし、いざ戦になっても、己《おのれ》を見失って機を失えば、数多《あまた》の兵と自分の命を落とすのだからな」

老は顔を赤らめ、「それほどまでの心構えだとは」と恥じた。

「鎌足《かまたり》さまに命じられることは全て、戦の心構えで行っているよ」

「それでは心が休まる暇もございますまい」

「そういう仕事を求めるお方だ」

吉野の流れに沿って下市《しもいち》の町を経て、道を北にとると間もなく飛鳥である。美しく畝《うね》が整えられた田畑と徐々に増えていく人家の眺めに、比羅夫の心も休まった。

「やはり俺たちは里の人間なのだな。ほっとする」

馬の足を止めて、比羅夫は言った。

「山は遠くから見ている分には神々《こうごう》しくてよろしいですが、中に入ると疲れますな」

と老も同じような感慨を述べた。

「山の民も里に出てくることはあるが、やはり疲れるのだろうか」

「でしょうなぁ。このように人の多いところは息苦しい、とか拓かれた土地は目に悪い、とか」

自分の思いつきがおかしかったのか、老はくすりと笑った。

「人の魂魄《こんぱく》を吸う鬼は山から出てきたという話だが、何も不快な里に下りてくることもあるまいに」

「ですが人が餌《えさ》なら、飛鳥など恰好の餌場でしょうからな。山の民に比べれば捕らえるのも簡単そうですし」

比羅夫たちは、平時は都の治安を任されている。魂魄を抜かれた死体を、ここ数ヵ月の間にいくつも目にしていた。

「この飛鳥の地に山の民が大挙して押し寄せ、我らに住み慣れぬどこかへ行けと命じたらどうする？」

いつにない真剣な比羅夫の口調に、老も表情を改めた。

「そんなことは比羅夫さまと俺がさせないですよ。変事が起こらないよう、朝廷も動いているのではありませんか」

「こちらの意に従わないから力で従わせる。戦う前に屈服させる。これも政《まつりごと》だ。だが、心の中の怒りや憎しみは、戦にならないからこそより高まることもある」

比羅夫の憂いの正体がわからず、老は首を傾げる。

「山に住む者は、里にいる者たちのように容易に数を増やせない。だが厳しき地で鍛え上げられて育った者は、我らよりはるかに強い。験者のような力を身につけている者も多いからな。考えなしに戦えば我らの多くが死ぬことになる。それに、小角のように山に心惹かれる者もいる」

「まさか。小角は大王《おおきみ》のために働く賀茂に属する者の中でも、宗族に仕える役ですよ」

「そうは言うが、広足の我らへの接し方を見たろう。五分の相手と見られている」

「それは我らを侮《あなど》り過ぎではありませんか。大王に対しても無礼だ」

「礼を執《と》らせるのであれば、こちらが尊くなければならん」

ふう、と比羅夫はため息をついた。

「これから我々は、五分以上の相手を屈服させていかなければならんと肝に銘《めい》じないと、痛い目に遭《あ》うぞ」

帰途をたどる二人の足取りは重かったが、都は否応なく近付いてくる。

宮殿に戻ると、鎌足は木簡《もっかん》に目を通し、何かを書き加え、時にはへし折っていた。左右には木簡の山ができている。流れるような仕事ぶりであった。

比羅夫は鎌足にありのままを報告した。

「そうか」

多忙の手を止めて、鎌足は強い視線を比羅夫に向けた。

「皇子は無事か。しかし広足が小角の使者となっているとは」

「面識がおありなのですか」

「大蔵の従者であったからな。没落した物部の出で、腕のいい飯炊きであったらしい」

と小角に従っていることには何も言わなかった。

「で、都祁の保呂を渡せということだが」

この口調であれば、鎌足は保呂と大海人を交換することをあっさり承諾《しょうだく》するだろう、と比羅夫は考えていた。だが鎌足は、

「ならん。保呂はひそかに殺せ。恭順を誓わぬ者は生かしてはおけぬ。大海人は大蔵に助けさせる」

と厳然とした口調で命じた。

「殺せとは……何故ですか！」

比羅夫より先に、老が嚙《か》みついた。

「保呂は我らに逆らうこともせず、大人しく都についてきたのです。何の罪があって命を奪うのですか。律《りつ》と令《りょう》によって国を統《す》べようとされる鎌足さまとも思えぬお言葉です」

「その者自身が悪をなさずとも、いるだけで罪の源となる者がいる」

「どういうことですか」

「お前たちが保呂を捕らえに向かった時、都祁の民たちはいなかったと申したな」

「彼らはもとより山の民ですから、山に入るのは自然なことです」

「彼らはそのような生易しい者たちではない。賀茂大蔵によると、保呂は古き民を糾《きゅう》

合《ごう》して乱を企んでいるという。都祁の者がそのために各国へ散ったとなれば大事だ」

「それは噂の域を超えていないと申し上げたはずです」

だが鎌足は、根拠がないわけではない、と頷かなかった。

「道を広げるほどに諸国は騒がしくなる。この噂が確かなものか、私の方でも調べているところだ。古き者たちには我らの大道とは違う秘密の道があり、千里の距離があっても意を伝えられるという。そのようなことを許してはならない」

鎌足の口調には、反論を許さぬ硬さがあった。

「ここ最近きな臭いのは知っての通りだ。もし噂であったにしても、それが真となって動乱を引き起こせば国は危うくなる」

その動きの中心が、飛鳥にほど近い都祁にあるのではと朝廷は疑っているのだ。

「ですが、不確かなことで長を殺せばより大きな混乱を招きますし、もし事が漏れれば大海人さまにも……」

比羅夫はさらに言い募る老を制して立ち上がった。

「不服か」

鎌足の視線をまっすぐに受け止めた比羅夫は、「承りました」と一礼して去った。

二

こちらは飛鳥とは逆方向なのにな、と思いつつ広足は小角の後についていった。

随分と賑やかな道中になった。コンガラとセイタカ、そして自分はもちろんのこと、洗糸《あらいと》や風早《かぜはや》ら玉置《たまき》の者たち、そして、大海人、讃良《ささら》の皇族二人に護衛の蹴速《けはや》が加わっている。

国常立神《くにのとこたちのかみ》を救いだした小角は、広足たちを比羅夫への使いにやると、大峯へと向かってきていた大海人たちを手荒く出迎えた。そして広足たちが戻ってくるや否や、皆を新たな場所へと連れて行こうとしている。

洗糸は狼人《ろうにん》である蹴速が珍しいらしく、しきりに来歴を訊ねている。

「気付けば葛城《かつらぎ》の山の中で倒れていたのですか」

「は」

言葉少なに答える蹴速であったが、迷惑そうというわけでもない。

「大峯には狼人の集落もあるのではないか」

そう大海人が訊くと、

「我ら山の民の間でも、狼人をその目で見た者はいません。伝承ではどこそこの山にいたという話が残っているが、いたとされる山には集落の跡もないのです。蹴速は一族を探しているのですか？」

「別にそういうわけでもありません」

「都にいてその姿では都合が悪いでしょう。里の者は異形の者に優しくない」

「大海人さまに不都合がなければ、それで構いません」

「ろうにんいにしえ」

「えにしとこしえ！」

コンガラとセイタカは蹴速と大海人の間をすり抜けながら歌う。

なるほど、と洗糸は目を細めた。

「お前は狼というより、犬ですね。山より里が合っている」

そこに揶揄《やゆ》を感じたらしく、大海人がどういうことだと食ってかかった。

「狼は誰に仕えることもしないが、里に降りて人に仕えるから、犬のようだと言ったまでです。別に犬をけなしているわけではない。あなたの心に後ろめたいところがあるから、怒りを覚えるのではありませんか」

と静かに言い返されて大海人は歯嚙《はが》みした。

「狼だろうと犬だろうと人だろうと、何でもいいのです。皇子の舎人《とねり》でいられさえすれば、それでいい」

蹴速の言葉には静かな喜びがあり、洗糸も感心したように頷いたきり、それ以上言わなかった。木々は玉置のあたりよりもさらに濃く高く、山襞《やまひだ》は深く、道は細くなっていく。

「それにしても小角、何故さらなる山の奥へと入るのです。てっきり皇子を連れて飛鳥に戻るものとばかり思っていました」

「神喰《かみく》いに対する目処《めど》は立ったが、今度は人喰いを何とかせねばならんのでね」

「里では山から来たという噂でしたが……」

「噂が気になるのなら確かめればよいだけのことだ」

小角は長い髪をなびかせて先頭を歩いていた。

「それに、皇子たちを山に招いたのだから、もう少し見てもらおうと思っている」

「また何か企んでいますね」

洗糸が小角の顔を覗き込んでも、小角は楽しげな笑みを湛《たた》えたまま、歩みを止めない。広足には、大海人たちが何の疑問もなくその後についているのが不思議であった。

（小角さまは朝廷相手に何をしようとしているのだろう）

という疑問がずっと頭の中にある。

命じられるままに、大海人を探しに来た阿倍比羅夫と坂上老に交換条件を突き付けたが、その時も内心ひやひやものだった。相手は名だたる武人で、中大兄皇子や鎌足の信任も厚い。撥《は》ねつけられたらそれまでと思っていたが、小角は断られることなどまるで考えていないような口ぶりだった。そして実際、比羅夫はあっさりと引き下がった。

楽しいな、と広足は思ってしまった。里にいて山を見る時は、山が遠く思えた。でも山に入って小角たちと共にいると、里の人たちが異人に見える。

広足は生まれてからずっと里で暮らしてきたというのに。里の王が持つ力に対する怖れが生まれつつあるのが奇妙ですらあった。

「小角さま、比羅夫さまは一度は引き下がりましたが、鎌足さまは……」

「物部を倒した蘇我《そが》を、さらに強い力で滅ぼした傑物《けつぶつ》だからな」

広足は、鎌足の醸《かも》し出《だ》す気配が苦手であった。社《やしろ》に参拝《さんぱい》した時とも、妖と相対した時とも違う。もちろん、大蔵のような験者とも異なる。

「それを権勢《けんせい》の力という」

「権勢……」

「何万という人、そして国を動かす力が、人の気配すら変える」

「でも、小角さまの験力の方がずっと強いのではないのですか」

小角は首を振った。

「私の力は、所詮《しょせん》人ひとり、山一つのことだよ。天地にいる人々全てに及ぶものではない。でも、中大兄や鎌足のように権勢の力がある者は、天地の隅々《すみずみ》まで支配したいと思うものなのだな。だから己の威に服さず、力が及ばない相手が時に恐ろしい幻をまとって見える」

「小角さまの力は幻ではないでしょう」

「広足のように私の力に幻想を抱いている者がいるからこそ、里の者と対等に話もできようというものだ」

「随分と謙遜《けんそん》をされるのですね」

「私は驕《おご》りもしないし、謙《へりくだ》りもしない。ただそのままを見るだけだよ」

玉置山から東は、大峯の中でも特に峰々が折り重なるように続き、山が深い。同じように緑に覆われていても、それぞれの峰には違う表情がある。

神喰いに神を奪われてしまった山は生気を失って荒れ果てているが、大抵《たいてい》の山は神と妖、人と獣を養って独特の美しさをつくりあげているのだ。

尾根筋を一つ越えたところで、小角は脚を止めた。

「このお山は……」

目の前に現れた一つの頂《いただき》を見て、広足は身ぶるいをした。低木が貼りついている急峻《きゅうしゅん》な山肌の奥から、微《かす》かな地響きが聞こえてくる。大きな滝が隠れているのがわかった。その音が、巨神《きょしん》の鼓動《こどう》のように伝わってくる。

「神喰いは山を荒らしたが、そのせいでこれまで隠されていたものに気付くことができた。本当は私一人の力で見つけたかったのだが」

「隠されたもの？」

「私が探しているものと、里の者たちが退治したがっているものさ」

「それって……」

「望んでいるのに気が進まない、という出会いもあるのだな」

里の者が退治したいもの、といえば鬼のことだ。鬼が山から出て飛鳥を騒がせているのだとしたら、また諍《いさか》いが起きてしまう。山に多くの兵が踏み入る光景を想像して、広足は身震いした。

「恐れが真にならないよう、私たちは動くことができる。心配はいらないよ」

小角の言葉は力強かった。

大峯の山々の気配は濃厚だ。匂いと人格を感じるほどに強い。だが、それまでとも気配が一変していた。

山の王だ、と広足は見上げて思った。見ているだけで押しつぶされそうな威厳を、その頂は放っている。なのに、大海人と讃良はその峰々を見上げては歓声を上げ、木々の下に咲く可憐《かれん》な花びらに触れては笑い合っている。

小角は皇子たちのそんな様子に目を細め、上機嫌で広足に話す。

「お前にもわかるか。山というのは大地の気の表れだ。その恵みのもとに神が生まれ人が住まう。大地の気は流れ、時に激流となって、その荒々しさに神も人も住まぬ峰がある。それがここだ」

王のように強さを感じさせる山だからこそ、鬼が住処《すみか》とするのか、と広足は一人納得した。小角も満足げな表情であった。

「私はこのあたりに住処を一つ作ろうかと思っている」

洗糸の住んでいる所も、他の土蜘蛛《つちぐも》の集落も、険しいなかでも川沿いの緩い傾斜地を見つけて拓《ひら》かれている。だが、この山には緩やかな場所が一寸たりともない。

「なんだかいい気持ち」

讃良は両手を広げ、大きく息を吸い込んだ。

「飢《う》え渇《かわ》きも忘れそう」

「そう？　ぼくにはわからないや……」

大海人は風の匂いを嗅《か》いで首を傾げている。

「葛城の窟《いわや》はどうされるのですか」

広足は訊ねた。

「あそこはあそこで使うさ。でも、葛城のお山はすっかり里に取り込まれてしまった。人の影が騒がしくて、私には少々住みづらい」

「確かに野は拓けてはいますが、お山は静かなままですよ」

広足は自分が山に馴染んできていると思っていたが、ここは息苦しくなるほどに山の気配が強い。立っているだけで呼吸が荒くなりそうだった。

「煙が風に乗って流れるように、人の気配も漂うんだよ。私は人が嫌いなわけではないが、人の気配で心が乱れるようなところもあるのだ」

「小角さままでもそんな未熟なところが？」

「多すぎて参っているよ」

おかしそうに小角は笑った。

「おい、楽しそうにしているところ悪いが」

玉置の古き神である風早が、小角の肩に止まった。

「この峰を住処にするというが、先に住んでいるものは大丈夫なのか」

風早の問いに小角は頷いた。

「飛鳥に来ているのは、やはり彼らか？」

「なかなか尻尾《しっぽ》を摑むことができなかったが、以前国常立たちを助けた時にようやく確信した。神でもなく妖でもなく人でもない。だが神に近い力を持ち、人に近い姿をし、妖に近い動きをする。山の神々とも源を異にし、風早たち古き神もその来歴を知らない」

小角の声はどこか悲しげだった。

「彼らは滅びを選んでいたはずだ」

小角は確かなことのように言ったが、広足には信じられなかった。自ら滅びようとする者がいるか。どれだけ抗《あらが》っても滅ぼされる者はいるだろう。自分たちの父祖のように。

「強すぎる力は他者だけでなく自らをも傷つけ、その数はわずかになった。だが生ける者である以上、子をなして血を残そうとする本能から逃れられない。そこにつけこんだ者がいるのだよ」

　古き民も知らないことに、何故これほど詳しいのか、と広足は内心首を傾げていた。

やがて、

「この臭い……」

　と讃良が鼻をうごめかすと、小角はその肩に手を置いて頷く。

「尿《いばり》をかけて縄張りを示すあたりは獣に似ているね」

　広足は風の匂いを嗅ぐが、山の緑と花の香り以外は感じられない。

「ここから入ると、鬼が出てくるというわけですか」

「いや、今はいないよ」

「いない？」

「都に出ている」

　その飯が都の人の魂だと思うと、広足は吐き気を覚えた。

　小角は気にせず山域に足を踏み入れた。ざわざわと笹《ささ》の茂みが揺れて広がったような気がしたが、それでも小角は鬼の踏《ふ》み跡《あと》らしき道を見つけてずんずんと歩いていく。

「あまり気が進みません」

洗糸は山に入る直前の鞍部《あんぶ》に入ったところで足を止めている。洗糸の顔色は悪かった。風早も羽の間に顔を隠している。広足は、微かな山鳴りとも耳鳴りともつかない音に気付いていた。誰かの泣き声のようにも聞こえる。

「ここで戻ってもいいぞ」

その時、山に悲鳴のような声が響き渡った。

「鬼か！」

広足も洗糸たちも身構えるが、小角は特に驚くこともなく飄々《ひょうひょう》と足を進めている。

「何を驚くことがある。かわいい童《わらべ》の声だ」

「童？」

「おにのこだれのこ」

「このおにはらから」

コンガラとセイタカも怖がっている様子はない。

「そう。鬼の童だ。山に入ってきた私たちに気付いて、泣いている。だが、親たちは餌を捕まえに遠く飛鳥の地だ。鬼を捕らえるなら、鬼の子を得ればいい」

「小角さま、まさか……」

「誰にも泣き所はあるものだ」

広足は呆気《あっけ》にとられた。

「鬼の子と引き換えにこの山を得ようというのですか」

「子の価値はそんなに安くない」

小角は、人喰いもやめさせる、と嘯《うそぶ》いた。

「そんなことができるのですか」

「できないと都の人間が随分と間引かれてしまうぞ。病や飢えで死ぬのは天のなすところだから仕方もあるまいが、鬼に喰われずともよかろう。それに、鬼は別に人を喰らわずとも生きていける」

「鬼のことをよくご存じなのですね」

「私は大抵《たいてい》のことはよくご存じだよ」

鬼の踏《ふ》み跡《あと》は徐々に広くなってきた。山の頂に近づくにつれて泣き声も大きく、山が震えるほどの音量となった。洗糸は耳を押さえ、顔をしかめている。大海人は冷静さを保っているふりをしていたが、その体は震えていた。

「怖くないの？」

讃良が広足に聞いた。

「あまり」

遠くに声が聞こえているうちは、恐ろしいのかなと考えていたが、近づくにつれて何も思わなくなっていた。

「そう……。私も。何ていうか、ずっと聞いていたい感じ」

「鬼の泣き声を？」

「私には風の音と変わらないように聞こえる」

広足は讃良と自分の聞こえ方が同じことに驚いた。だが、大海人はやがて足を止め、蹴速は心配そうにその肩を抱いていた。洗糸もうずくまっている。

「やはり難しいか……。鬼の子の声は、己に恐怖や害意を抱く者の心に強く働きかける。それが彼らの身を護《まも》る武器なのだ。私と広足、そして讃良にはそれが効かないのだろう」

小角は大海人と洗糸に、玉置山に戻るよう告げた。

「ぼくも行くよ！」

「なりません。私は山に入る前に申し上げたはずです。小角さまの言葉は山の掟《おきて》。従わねばなりません」

「でも……」

「あなたはいずれ里の掟を背負うお方。守らねばならぬことの重さを考えねばなりません」

蹴速は皇子の前に膝《ひざ》をついて諭す。

「風早と洗糸はむしろ山に近すぎて、この山の住人が残した気配に飲みこまれる恐れがある。ここから先は任せてほしい」

「わしは懐かしさを覚えるほどなのだがな」

風早は痛む頭を羽で撫《な》でつつも、先へ行きたがった。

「またすぐに、ここに来てもらえるようになろう。今は戻ってほしい」

「わかった。お前がそこまで言うなら、理由のあることなのだろう」

小角の真摯《しんし》な言葉に頷いた洗糸と風早は、大海人たちと連れ立って山へと帰っていった。

「頼りになる娘が二人残ってくれたのは、よかった。お前たち二人は山の心も里の心もわかってくれるはず」

と呟くと、讃良と広足は顔を見合わせた。

三

道連《みちづ》れが半《なか》ばいなくなると、山は途端に寂しくなった。

「賑やかなのがいなくなると心細いものだ」

小角はそう言いつつも、行く手にある山の頂を見ていた。木々の間から見える空は真昼の明るさだが、山肌は木陰になって仄暗い。

「それより讃良。幼いお前が長く山道を歩くのは辛くないか」

「はい」

讃良はまっすぐに小角の顔を見て頷いた。

「私は人質ですから」

と胸に手を当てる。

「大海人さまと共に小角さまの虜《とりこ》となり、朝廷の助けを待つ身でございます。弱音など吐いておられましょうか」

「はは、讃良はしっかり者だ。だが、私は別にお前たちを囚《とら》われの身にしたわけではないぞ。飛鳥までの道案内をしてやる前に、少し手間賃をいただこうと思ったまでだ」

「世に聞こえた小角さまともあろう験者が、そのようなさもしいことをお考えとは、がっかりです」

そう言い放ったので広足は驚いた。

「ははは、私がさもしいか。このような駆け引きすら、濁りのない瞳には穢《けが》れて見えるのかな」

「私の父は国を背負うお方です。誰かが等しくお話しできるような人ではありません。でも、小角さまはすごい術を使えますから、特別に許します」

続けて凜として言ったものだから、広足は感心してしまった。それを聞いた小角は美しい喉を反らして笑った。山に轟《とどろ》き渡る鬼の子の泣き声が一瞬、消えたと思えるような爽快な笑い声である。

「讃良に許してもらえたのだから、これから大手を振って朝廷と遣《や》り取《と》りができようというものだ」

「ですが、お父さまや大海人さまに迷惑をかけてはいけません！」

「さ、それはちょっと約束できないな。でも讃良、君は気に入った。さすがは中大兄皇子の娘だ」

「ありがとうございます」

讃良は品よく礼を言った。小角を前にして全く臆《おく》することがない。

「広足、驚いたか？　別に珍しいことではないだろう。私と親しい女性はみなこんな感じでね。私を前に肩肘《かたひじ》を張るのは男ばかりだ。男どもも、もう少し親しくしてくればいいのに」

小角は広足を見ていたずらっぽい笑みを浮かべた。

「さて、鬼の住処に近づいたようだ」

山の香りとは違う匂いが漂い始めた。獣の匂いにしては、少し柔らかい。

「赤子だけがいるからね」

泣き声がさらに激しくなるが、小角は口を開けて、ゆっくりと息を吐いた。すると、泣き声は徐々に小さくなっていった。広足には何も聞こえなかったが、

「あら、小角さまは鬼の子をあやす術《すべ》も心得ておられるのですね」

と讃良が言った。

「讃良さまには聞こえたのですか？」

「広足には聞こえなかったの？」

逆に不思議な顔をされた。

「人が聞いている音など、世に溢れる音のほんの一部に過ぎない。己の見えないとこ

ろは無ではなく、聞こえないところは静ではないと知れば、世はさらに豊かになる」

泣き声の源は、頂のすぐ近くであった。声が止まると、大きな水音が聞こえてきた。瀑布《ばくふ》、といってよいほどの激しさである。

「さ、着いた」

急峻な山肌に、三段の滝が流れ落ちている。その響きが山全体をかすかに揺るがしており、鬼の住処とは思えぬほどの清らかな気配に満ちていた。

「あそこだ」

小角は事もなげに滝を指さした。

「あれは滝……」

「今話したばかりではないか。見えないものを見ることが修行のはじめであると」

すると、「わかったわ!」と讃良が声を上げた。「小角さま、私をあそこへ」と滝を指さす。

「誰かが滝の向こうから見ています」

広足には見えない。確信に満ちて言い切る少女に、広足は言いようのない嫉妬《しっと》を覚えた。小角は広足を呼ぶと、讃良と共に長い腕に抱えあげた。

「滝の向こうへ行くぞ。摑まっていなさい」

とおん、と軽く地を蹴るとみるみる瀑布が近づき、水しぶきがすぐに水流となって降りかかる。滝の勢いに激しく叩きつけられて落ちかけ、思わず小角の腕を強く握る。だが小角の細くも逞《たくま》しい腕は水にも広足の指にもびくともせず、いつしか滝の裏側へと飛びぬけていた。

「きれいにしてあるな」

感心したように言った小角は、広足たちを下ろした。下には獣毛の毛氈《もうせん》が敷いてあり、乳飲《ちの》み子《ご》特有の甘い匂いが漂っている。

「いたいた」

小角が腰をかがめた先に、二人の幼子《おさなご》たちがいた。突然家に押し入ってきた三人を、怯《おび》えた目で見つめている。幼子は人の姿と何も変わらなかった。

「これが鬼の子?」

讃良も首を傾げている。

「間違いなくそうだよ。額を見てみるがいい」

よくよく確かめると、小さな突起が出ている。

「鬼の証だ」

小角が近づこうとすると、幼子の一人が叫び声を上げた。広足は髪がふわりと持ち上がるような感覚に包まれる。洞の中に雷光が走っていた。

「えい！」

鬼の子が指を向けると、洞内の光が指先に集まり、小角に向かって放たれた。地響きと共に、小角の体が後退する。

「幼子でもこの力……。さすがだな」

小角は腕を交差し、いかずちを受け止めていた。子供たちはいかずちの効かない小角に恐慌をきたし、雷撃を連発する。岩屑《いわくず》が舞い、滝の音をかき消すほどの音と目が眩《くら》まんばかりの光に洞内は覆われた。

だが小角はゆっくりと幼子たちのもとに歩み寄ると、腰をかがめた。いかずちを放つ気力もうせたのか、抱き合って震えている二人の前に膝をつくと、前髪を上げて見せた。

すると、幼子たちの表情が徐々に安堵へと変わっていった。

「これでよし」

「い、今のは何の術なのですか」

操心《そうしん》の術にも色々あるが、今のような術は初めて見た。

「見たいかい？」

小角は特にこだわる様子もなく、広足の方を向くと、前髪を上げて見せた。親指ほどの、尋常な人間にはない異物がある。ただの肉芽《にくが》ではない。そこから放たれる気配に彼女は圧《お》された。

小角が瞼《まぶた》を閉じて気を鎮《しず》めると、角が額の肌へと没して姿を消す。

「それは……」

「小角という名がついているくらいだからね」

「お、鬼の一族だったのですか」

「いや、私を育ててくれた二人は、尋常な人だったと聞いている」

前髪を下ろすと、驚くほどあどけなくなる小角の顔であった。

「鬼の面影をもって生まれてくる理由が、きっとあったのだろうね。だから私は本当の〝母〟を探し、そして見つけた」

小角には母上と呼ぶ者が葛城にいる。人というより、山の女神といったたたずまいであった。

「あの方も、鬼？」

こくりと小角は頷いた。

「母上が最後の母鬼だと思っていたが、大峯にも母子が生き残っているとはね」

小角の両親は高賀茂間賀介麿《たかがもまかげまろ》と都良売《とらめ》だと聞いたことがある。広足は直接の面識はないが、取り立てて変わったところのない、賀茂氏の役を務めてきた人々だ。

「やはりその験力も鬼の血が助けているのでしょうか」

「さあね。だとしたらありがたいと言うべきだ」

鬼の子はやがて、小角の足元をくるくると回りながら遊び始めた。讃良はもうすっかり慣れたようで、かわいいかわいいと撫でまわしている。だが広足には、小さな角とくちびるの端から見える鋭い牙が不気味にも、愛らしくも見えた。

「小角さまも、人を喰らおうと思われますか」

口にしてから、広足はしまったと口を覆った。

「どうかな……。本当に鬼になった時の自分のことを、まだ私はよく知らない」

小角は怯えの消えた鬼の子の前に膝をついた。

「ほら、広足に抱っこしてもらって」

讃良に促されると、一人の鬼の子が這《は》ってきた。目は微かに金色を帯び、肌は赤黒い。人と同じ姿に見えても、やはり鬼は鬼だ。

広足の表情に拒絶を感じたのか、幼子は後ずさりする。そこを、小角がひょいと抱き上げた。

「このお姉ちゃんはお前たちの可愛さを知るにはまだ幼いんだ。怒らないでおくれ」

小角の言葉がわかっているのか、鬼の子はきゃっきゃと嬉しそうに笑った。広足は、自分が讃良よりも幼いと言われたようで面白くない。

「貸して下さい」

両手を差し出すが、小角は首を振った。

「お前は今、一つ機を失った。そこで無理を重ねても、この子たちと心を交わすことはできないし、お前も理解すべきことを理解できないままだ。次の機会を待ちなさい」

と厳しく言われてうなだれた。

讃良の方に目をやると、広足は鬼の子がこちらを見つめていることに気付いた。

ふっと肩の力が抜けた。膝をついて匂いを嗅ぐと、深山の香りがした。小角と同じ匂いだ。

凄まじい力と穢れなき心が異形の中に秘められている。小角の近くにいると感じられる、山の力そのものだ。

もっと知りたい。仲良くなりたい、という想いで、広足は静かに、もう一度腕を伸ばした。

鬼の子は戸惑ったように、小角を見上げる。

「お前の思う通りにしなさい。心を開くのも閉ざすのも、自由に決めていいのだ」

もう一人の鬼の子と手を繋いでいる讃良も、じっと広足を見つめている。広足は膝立ちのまま、鬼の子に近づくと、ゆっくりと抱きしめた。鬼の子は体を強張らせていたが、やがて頭を肩に預けて頬ずりをした。

ふう、と小角が安堵したように息をついたのを感じた広足も、嬉しさで泣きそうになっていた。

「これで私たち二人とも大丈夫ですね」

すっかりお姉さん気取りの讃良は胸を張ってみせた。

「ま、私はいつも大海人さまのお守りをしていますから」

「それは確かに鬼の子よりも大変だ。よし、鬼の子とは仲良くなれたから、次は親の方だ。一度土蜘蛛の村へ戻るぞ」

小角は力強く讃良と広足を抱き上げて、滝の扉を飛び越えた。

四

玉置に帰ると、山と村の雰囲気が出立前と変わっていた。

「神が帰ると山が活気づく。そうすれば人の心にも明るさが戻るんだよ。全ての者には在るべき場所があるのさ」

小角が指した大岩の上に、国常立がのどかな風情で寝そべり、その頭の上で風早が羽を整えていた。国常立の周囲ではコンガラとセイタカが神のいかつい体を使って隠れんぼをしている。二人は小角の姿を見ると嬉しそうに手を振った。

大海人も小角一行が帰ってきたことに気付き、躍り上がって駆け寄ってきた。小角からことの次第を聞くと、

「鬼の子を、ぼくの臣下としたい」

と大海人が言い出した。

「鬼の子は母鬼と山のものだ。皇子のものにはなりませんよ」

洗糸がたしなめる。

「ぼくが兄上にとりなせば、きっと鬼も都に住めるようになるよ。蹴速が一緒にいられるんだもの。きっと鬼だって大丈夫だよ」

「それは無理ですよ」

同じ妖でも、幼い頃から大海人につき従っている者と、都を恐怖に陥れている者とでは違いすぎる。

「でも、兄上が鬼を従わせることができれば、また威勢も上がるじゃないか」

「鬼の威を借りないと、皆を従わせられないのか、となりますよ」

広足の冷静な言葉に、大海人は頬を膨らませて黙った。

「確かに広足の言う通りだ。民たちは突然喰らわれて、その相手までわかっている。なのに皇子に仕えて罰することもできないとあれば、その不満は朝廷へと向かう」

「……わかったよ。鬼はあきらめる」

大海人はまだ不満そうである。

「じゃあ小角はその鬼たちをどうするの」

「二度と人を喰わないようにする」

「牙を折ったり？」

「そんなことはしない。友として、修行の助けとなってもらう」

と言ったものだから皆は呆気に取られた。

「相手は人喰いの鬼ですよ」

「私の友となれば、もはや人喰いではない。私に住処を貸してくれる親切な山の住人へと戻るだろう」

小角はもう、鬼を友にした後に三重の滝がある山に住んでいいかと洗糸に訊ねている。

「あの山には人が住んでいるわけではありません。妖や獣たちともあなたならうまくやっていけます。峰々の神と長たちの意見を聞きますが、小角のことだから大丈夫でしょう。なにより国常立さまと風早さまの信を得ているのが大きい」

「それを聞いて安心した」

二人の遣り取りを聞いていた大海人が、

「ねえ、ぼくはいつ飛鳥に帰れるんだ」

と小角に訊ねた。

「神喰いも人喰いも片付いて、すっきりしたところで帰るというのはどうかな」

「小角には策があるんだね」

「任せて欲しい」

「いいよ。小角が言うなら」

大海人は鷹揚《おうよう》に頷いた。

「讃良もその方が安心して都に戻れる」

「そのためには、皇子にちょっと怖い目に遭ってもらわなければならない」

「小角のやることには意味がある。蹴速も何も言わないし、大丈夫だ」

豪胆《ごうたん》な言葉を吐《は》く皇子を見て、小角は愉快そうな表情を浮かべた。

「狼の舎人は私を憚《はばか》っているだけかもしれないよ」

「ぼくと蹴速の間に入りこめる者はいないからね」

自信たっぷりな皇子に、小角は微笑む。

「よき信だ。では二人は飛鳥の近く、高取山《たかとりやま》の麓《ふもと》、街道脇の林の中に潜んでいてくれ。騒動が一段落したら使いを送るから」

「承りました」

蹴速は頭を下げた。

「素直で強い、朝廷はよき皇子を得たものだ」

小角が称えると、蹴速は誇らしげに胸を張った。

「それがこの方の特質です。私は皇子といると、狼人として人の間に生まれた煩《わずら》わしさを忘れることができます」

誉められているのがくすぐったいのか、大海人は二人から走って遠ざかった。

「忘れようとするのでは、何も変わらぬよ。もはやこの世は、変わることから逃れられぬ。地上に楽土《らくど》はないのだ」

「小角さまは俗から山に入り、また俗に戻られるおつもりですか」

「私は山が好きでね。都のように人の多いところは苦手だ」

「でも、人もお好きだ」

「どうしてそう思う？」

「大海人さまや広足さまと共にある時のあなたは、実に楽しそうです」

「彼らは大変だよ。背負うものが多すぎる」

「先々ご苦労が多そうです。そしてあなたも」

「苦労するから変化がある。変化は熱を持ち、時に天地の形すら変えていく。変わることは諸刃《もろは》の剣だ。衰えにも育ちにも通じる」

広足もまた小角と山にいると、都や家のことを忘れられた。氏《うじ》も姓《かばね》も何もかも捨て、ただの広足でいられるのが心地よかった。この鬼退治が終われば、小角はずっと山にいるのだろうか。そんな日々が送れたらいいな、と夢想している自分に、広足は驚いていた。

「さあ、私たちはまだまだ大変の中にいる。変を化《な》すには危うきに飛び込む勇と、変の先に何を成すかという志がなければならない」

「その志とは？」

洗糸が訊ねた。

「私は鬼の血を受けて人の間に育ち、里に生まれて山に学んだ。人が鬼を恐れ、鬼が人を喰らい、里が山を抑えて山が里を憎むような天地は望んでいない」

「あなたが虹になるのですね」

洗糸は羨ましそうに嘆息を漏らした。

「ここにいる皆に虹をかける力がある。道具立ては揃ったし、そろそろ都に下りようか。策を話すから、皆を集めてくれ」

小角は楽しそうに、錫杖《しゃくじょう》を鳴らしてみせた。

五

つい先日まで暮らしていた飛鳥だというのに、随分と長い時間山の中にいたような気がしていた。古き神である国常立や風早の姿も、洗糸の姿もないのが寂しかった。コンガラとセイタカも小角に何事か言い含められて姿を消している。だが、小角の軽やかな足取りが、広足の心を明るくしてくれていた。

飛鳥があるのは緑豊かなまほろばである。だが広足はまだ早朝にもかかわらず、都に漂う濃い人の気配で息が詰まるようであった。

都へと伸びる大道の上では、陽が高くなるにつれ兵や貢租《こうそ》を運ぶ車の往来も盛んになっている。

「前にも言ったが、山に心を傾け過ぎると、持っていかれてしまうよ」

「何をです?」

「広足自身をだよ」

「小角さまは山に身も心も捧げたのではないのですか」

「そうだとしても、別に人であることを捨てたわけじゃない」

板蓋宮《いたぶきのみや》が遠くに見えたあたりで、小角は足を止めた。

「街に入る前に心を鎮めておくようにな。この先は今や山よりも危うい場所だ」

小角に言われて、広足は一つ大きく呼吸した。

「すぐに内裏《だいり》に向かうのですか」

「いや、今日は知り合いの屋敷に泊めてもらおう。朝廷がどうなっているのか、調べておかねばならない」

「知り合いとは?」

「蘇我石川麻呂《そがのいしかわのまろ》という男だ。知っているだろう」

「それは、もちろん……。親しいとは知りませんでした」

「私が誰と親しいか、全てを教えてはいないからね」

そう言いつつ小角は都の中へと歩んでいった。

蘇我石川麻呂は、蘇我氏でありながら乙巳《いっし》の変の際にも中大兄皇子側について揺らがず戦ったことを、大蔵の側にいた広足は見ている。蝦夷《えみし》を討ち滅ぼす際にも一軍を率いて大きな戦功を立てたという。

だがそれ以前に、石川麻呂は物部一族を衰退に追いやった蘇我の一族なのである。その名を聞いて心穏やかではいられなかった。

「石川麻呂は朝廷の中でも大きな〝変〟を体験し、乗り越えた一人だ。私は大いに敬服に値すると思っているよ。もう今日行くと伝えてあるのだ」

ともかく師の予定が決まっているのなら広足も何も言えず、口を噤《つぐ》んだ。

小角の風采《ふうさい》を見て眉《まゆ》をひそめる者もいれば、手を合わせて拝んでいる者もいる。小角の験力は都でも有名なものとなっていた。そこに、一人の男が走り寄ってきて膝をついた。

「賀茂役小角さまにお願いがございます」

そう言って小角を拝跪《はいき》する。小角は足を止めてその男を見つめていたが、広足は懇《こん》願《がん》している男を見て驚いた。

「広山頭《こうさんとう》さま……」

家が焼けた時に養ってくれた、親友の父だった。小角は広足の戸惑いを横目で見ながら、願いとは何かと訊ねた。

「我が娘に妖が取りつきまして、近づくこともできないのです。小角さまの験力をもちまして、娘を救っていただきたい」

地面に額をこすりつけて男は願った。

「娘って……まさか、蘆日《あしび》が」

「そうなのだ。広足が小角さまに仕えていることは噂に聞いていた。昔日《せきじつ》の恩を持ちだすわけではないが、助けてくれ！」

広山頭はよく肥えた頰に汗を流している。広足は救いを求めるように小角を見上げた。

「見えるか」

耳打ちされて、改めて広山頭を見ると、その背中には黒い澱《おり》のようなものがべっとりと付いている。

「広足、石川麻呂に少々遅れると言ってきてくれないか」

意地の悪いことを言う、と広足は憮然とした表情で一歩下がった。誰が苦しむ友をおいて蘇我の家に一人で行きたいだろう。

「見ない方がいいのだが」

小角は呟いたが、広足の表情を見てそれ以上は言わなかった。

「では広山頭、あなたの屋敷に案内してくれないか」

「え、お引き受け下さるので！」

自分で頼んでいながら、広山頭は飛びあがらんばかりに驚き、そして喜んだ。

「驚きすぎだろう」

小角が苦笑すると、

「いえ、小角さまは験力は無双《むそう》ながら性は狷介《けんかい》、甚《はなは》だしき代価を取るという噂を耳にしておりました」

「おお、その通りだ」

「げえっ」

「いちいち面白い奴だな。代価を取るも取らないも話次第だ」

そう言いつつ、話を聞く前から小角は連れて行けと促している。広足も広山頭が背中につけた澱が気になって仕方がない。

「娘は数日ほど前からうわごとが絶えず、私たち家人を見ても誰だかわからぬ始末です。験者にも頼んでみたのですが、礼物だけ取って憑き物は取らぬというありさまでして」

「ではこうしよう。私が礼をもらうのは、その憑き物が落ちてからにしようではないか」

「ありがたい、ありがたい……」

広山頭は三拝し、上機嫌で小角たちを導いた。広山頭の屋敷は、耳成山《みみなしやま》を望むよき場所に建てられていた。

「そういえば、広山頭という名からして、韓の者か」

「ここ最近、お国との商いが大きくなりまして、私めも都に住むようになったのでございます。そちらの広足と我が娘は共に悲田院《ひでんいん》で働く友人でありました」

屋敷は檜《ひのき》の太柱《ふとはしら》を使った立派なつくりであった。宮殿にもひけをとらぬ大きさで、広足が世話になっていた時よりも豪勢なものとなっている。

「こちらです」

装飾が施された門をくぐると、空気が一変した。地面はぬかるみ、よく見るとその泥の一滴一滴に穢れがこびりついている。穢れは一滴ごとに意思をもって動き、小角たちを餌だと勘違いしたのか飛びついてくる。

「まやかしに用は無いんだ」

不動呪《ふどうじゅ》と共に八方に炎が走り、小さな穢れたちを一掃した。

「な、なるほど、聞きしに勝る験力でございますな」

「このようなものを祓っただけで礼物をもらうわけにはいくまい」

「そう言っていただきますと……」

広山頭は一層腰をかがめて恭《うやうや》しく小角たちを敷地の奥へと誘う。すると、梧桐《あおぎり》の木立に隠されるように一棟の建物が見えてきた。六角の小さな堂宇《どうう》であるらしい。だが、建物を前にして小角の足は止まった。

「随分と穢れたものだ」

六角堂を取り巻いている黒い煙は、広足の五感を圧倒するような不快さを撒き散らしていた。このような物に憑かれてしまえば、本人の心はどれほど苦しいだろう。

「蘆日がこの中に……」

広足の視線を受けた小角の表情は悲しげであった。

「都から四方に大道が延び、人の往来が増えると共に妖のものたちも増えたように思いますな」

小角は広山頭の話を聞いているのかいないのか、頷きもせず堂宇を見つめている。

「ただの憑き物にしては派手だな」

六

保呂が幽閉されている寺院は、都のすぐ南にある坂田寺《さかたでら》の中にあった。飛鳥五大寺の一つで、鞍作《くらつくり》氏の氏寺でもある。その門の前で比羅夫と老は一度足を止めた。

「やらねばなりませんか」

「皇子直々に命じられたのだ」

「比羅夫さまは」

老はきっと眉を吊り上げて迫った。

「皇子や鎌足さまがお命じになれば何でもするのですね。驕《おご》ってはならぬと仰ったではありませんか」

まっすぐな視線を向けられたが、比羅夫は正面から受け止めて見返した。

「我らが皇子の権威を笠に着て驕ってはならぬ、と言ったのだ。皇子と鎌足さまは、善悪全てを背負って世を革める覚悟を持たれた。伊弉諾《いざなぎ》と伊弉冉《いざなみ》が天沼矛《あめのぬぼこ》から垂らされた泥の塊は、大地として一つに固まっただろう。だが、人はそれこそ、泥の泡のようにその上に漂っているに過ぎない。保呂のような古き山の民たちは、漂うことを愛して日本のことを考えぬ」

「それは皇子の受け売りじゃないんですか」

「俺だって戦場を通して世を見ている。だからこそ、皇子のお考えも理解できる。令律《りつりよう》と大道によって、日本は強くなる。俺はその志に、全てを捧げ尽くすと心に決めたんだ」

「皇子や鎌足さまも人ですよ。人であれば誤りもあります」

「人であれば誤りも正せる。法と道があれば、より容易に正しき政を行えるのだ」

比羅夫は挑むような目つきの老に一歩詰め寄った。迫力に押されて、老はたじろぐ。

「命に従うのか、従わないのか」

「従いますよ。でも俺はどうしても納得できない。悪を為したのなら誅滅《ちゆうめつ》もしましょう。罪を犯したのなら裁きましょう。ですがあの少年は悪も罪も為していません」

「青いな。そんなことでは、これから始まる魑魅魍魎《ちみもうりよう》の世を渡ってはいけんぞ」

「何者であろうと、正義の前では無力です」

「その正義は誰が決めるのだ」

「俺の心です！」

老は昂然《こうぜん》と胸を張った。その瞳には確信が漲《みなぎ》っている。比羅夫は老の視線を受け止めきれなくなり、目を逸らしてしまった。

「勝ちました」

老がにこりと笑った。

「……何の勝負だ」

「比羅夫さまも俺と同じ正義を抱えていらっしゃる。もののふの正義、男の正義、そして人の正義です」

「それでは危ういのだ。正義は誰か一人が決めて良いのではない。そのために、皇子と鎌足さまがこれから作る国の形と法の秩序が大切になってくる」

「ですが、心に正義の炎のない者が誰かを裁いたりすることはできません。法はその炎を燃やす助けでしかないはずです」

「ではその炎で見えるのは何だ」

思わず、老に問うてしまっていた。

「百歩譲ってあの少年の命を奪うことが国にとって必要なことだとしても、その前に我々にはやるべきことがある。そう我が心が申しております」

比羅夫は頷いた。

「お前に当てられて、俺も少しおかしくなってきたみたいだ」

「でしょ?」

「そういえば思い出した。鎌足さまは保呂を殺せと命じたが、いついつまでにと期限を切ることはなさらなかった」

「そんな適当な解釈でよろしいのですか」

「心の中の炎に従えと言ったのはお前だろうが」

「お手伝いしますよ、比羅夫さま」

「調子のいいやつめ。では手伝ってもらおう」

比羅夫が苦笑すると、老もにこりと笑った。


乙巳の変が起こってからさらに厳しくなった内裏の警備は、どこにいても兵の鎧ずれの音が聞こえるほどだ。

「新たにかける法の網と国衙《こくが》を繋ぐ大道で威圧し、抗おうとする者たちの動きを封じる。実に見事な政だ」

「見事な割には、保呂の首をちょんぎって何とかなると思っている辺りはあまり美しくないと思うんですけどね」

「束ねる者がはっきりしているなら、そこを断つのも一つの策だ」

比羅夫の答えに、老は不満げにくちびるを尖らせた。

保呂が幽閉されている坂田寺には、門ごとに十数人の兵が警戒にあたり、屋根の上にも弓兵が配されている。

兵たちは比羅夫の顔を見ると何も言わず通してくれた。既に、どのような命を下されてきたか通達されているようであった。

「比羅夫さま」

初老の、いかにも歴戦の士といった風情の男が頭を下げた。警備の一団を率いているのは、比羅夫に昔から仕えている大石《おおいし》という武者である。

「どうだ」

「きな臭いことはきな臭いですな。白山《しらやま》、大山《だいせん》、出羽《でわ》、立山《たてやま》、あちこちで古き民と古き神の動きが活発になっているとの報が入っています。鬼も頻繁に飛鳥に姿を現しているとか」

「保呂を奪い返すためと思うか」

「はっきりとは言えませんが、そう取られても仕方ありますまい。大伴《おおとも》や我々阿倍の軍勢、それに各地の国造《くにのみやつこ》に動員令が出されています」

「なに……俺は知らぬ」

「どういうわけか、秘かに、です。使者は比羅夫さまにはお知らせするなと。あなたには重要な務めがあるから、ということでした」

比羅夫は老を見て言った。

「秘かに、とはおかしな話ではないか。確かに保呂を殺すのは大きな仕事には違いないが、阿倍の跡取りである俺を無視して進めてよい話ではない」

「俺に怒られても困ります」

「俺についてるんだから我慢しろ」

比羅夫は髭を逆立てて老に八つ当たりしたのち、難しい顔で大石に軍の状況を訊ねた。そして、各国の国造軍がまだ本格的に動いていないことを確かめると、そのまま踵《きびす》を返して鎌足のいる屋敷へと走った。だが、顔を出した番兵は、「務めを果たさぬ者に会う理由はない、との仰せです」と言ったきり引っ込んでしまった。

比羅夫は腹が立ったが、すぐに保呂が幽閉されている寺院に戻って、警備している兵を散らすよう大石に言った。

「警戒の手を緩めて大丈夫ですかな」

「保呂のことは俺と老が見ていればそれでいい」

それで合点顔になった大石は、

「わしも保呂の最期を見届けますぞ。若いのに誇り高く、見苦しいところを一切見せない見事な長じゃ。王としての礼を以って送り出してやるわ」

そう勢い込んで言った。

「いや、大石にはやって欲しいことがある」

「そうですな。都祁の民が襲ってくるなら、わしが食い止めますわい。かつて韓の戦場で鳴らしたこの矛の腕を賊どもに見せてくれる」

矛を振りまわして気勢を上げる。

「いや、都祁の民は襲ってなど来ない」

比羅夫は誰に理と非があるのか、確信を固めていた。

「そんなこと、どうしてわかるんじゃ」

「都祁の長は我らの主君と同じ匂いがする。俺に任せてくれ。この後は俺の言う通りに動いてくれないか」

比羅夫は老と大石の肩に手を置いて囁いた。

「あの験者を……本気で仰っているのですか」

二人は顔を見合わせ、そして首を傾げた。

「本気だ。うまくやってくれるか」

「比羅夫さまの命とあらばやって見せますが……」

さすがの老と大石もためらいを見せたが、

「まずくなれば俺の命だと言っておけばいい。いざとなったらこの首で何とかする」

比羅夫は自分の首を叩くと、闇の中に消えていった。

七

広足は物憑きの正体の放つ禍々《まがまが》しい気配に、吐き気を抑えきれなかった。これほどの強烈な瘴気に対するのは初めてだった。激怒、憎悪といったあらゆる負の感情を撒き散らし、庭の雑草すら枯らしている。

その瘴気の源となっている六角堂の扉が大きく開き、そこに蘆日がいた。

「小角さま、あれは……」

「鬼だよ」

ぽつり、と小角は言った。

「でも、大峯で見た鬼の子とはあまりに姿が違います」

瘴気は炎のようになって蘆日から立ち昇り、それは時に人に似た姿をとる。

「実と虚の狭間にたゆたうもの。それが鬼だ。幼き頃は実であり、長ずるにつれて虚実を自在に操る。陰であり陽であり、大であり小である」

小角の声には深い悲しみがあった。

「取りつかれた娘もこの鬼も憐れだ。人の魂魄の味を餌に清浄な山から引っ張り出されて、これほど見苦しい姿になるとはな」

「これが、鬼……」

既に侵入者に気付いた鬼は形を変え、不気味な軋《きし》みと瘴気を吹き上げながら小角と広足を取り囲むように動き始めている。広足は気分の悪さに加えて息苦しさも覚え、喉元を押さえた。

しゅっ、と音を立てて鬼は体の一部を伸ばしてくる。軟らかく見えているのに、伸ばしてきたそれは剣の硬さを持っているらしく、小角の錫杖とぶつかって激しい音を立てた。互いに青き光を放ち、二人はぶつかり続ける。

十数合激しく打ち合っているうちに、鬼から何やらくぐもった音が聞こえてきた。

次の瞬間、小角の錫杖は折れて地に落ちる。

「महान ब्रह्मा मेरे लिए शक्ति दे दो《偉大なる雷帝よ》！」

折れた錫杖は粉々になり、鬼の頭上に小さな炎を作った。激しい光芒《こうぼう》を放ちだすと、数条の猛火が鬼の茫洋《ぼうよう》とした体を射抜く。呻き声の後に再びくぐもった声が聞こえ、次に放たれた炎は鬼の直前から折れて地面へと吸い込まれた。

「小角さまの術が効かないなんて」

火は水に、水は風に、いかずちは地によって消されている。

「広足」

助力を求められているのかと広足は身構える。

「この術、どこかで見たことがないか？」

と問われて広足は首を傾げた。

「よく見ているんだよ」

小角の構えが変わった。指が複雑に絡み合い、九つの印が結ばれる。その指先に光の剣が現れると、素晴らしい跳躍を見せて妖へと斬りかかった。だが、鬼は光の剣を腕で受け止めると、牙を見せて何ごとか唱えた。

「禁」

確かに広足の耳にはそう聞こえた。小角の剣と、鬼の放つ禁術が激しく交錯して甲高い金属音を立てた。

小角の表情にはまだ余裕がある。

「お前に私の術が禁じられるかな。禁じるには相手を知らねばならない。地火水風空の五大力はお前も知っているのだろう。だが私の心は誰にも触れられない。我が心から発する術を禁じられる者はいない」

鬼の体に刃が入り始めていた。

「そして私は、お前を知っている。お前の子も、知っている。お前は私のことを敵だと吹き込まれたな？　餌《えさ》だと教えられたな？　私に似た姿の者に」

広足は二人の戦いを見ているうちに、自分が涙を流していることに気付いた。どちらもが、相手を殺そうとして戦っているわけではない。涙をぬぐうと、鬼の四肢に鎖のようなものが繋がっているのが見えた。

「小角さま！」

「見えているよ」

小角は戦いながらも、鬼の縛めを一つずつ砕いていく。

「静かに暮らしていたお前が、子を生《な》して力を欲した気持ちはわかる。さらなる力は、里の人々の魂魄を喰らうことで得られるのだとそそのかされたのだろうが、それは山と里の諍いを大きくするだけだ。そうして罠にかけられ、私を殺さねば山に戻さぬと脅されたのだろう？　逃げられぬよう結界を張られ、私を倒す呪禁《じゅごん》の術まで授けられて」

四つ目の縛めを砕いて指を弾く。その音が光を呼び、大峯山中の様子を映し出した。

「だがもう、心配はいらない」

二人の鬼の子が、讃良や風早、洗糸ら山の民と遊んでいる姿である。

「誰にとっても子はかわいいものだ。狩り、狩られるさだめの間柄なら致し方ないが、人と鬼は喰い合わずとも生きていける。これより先、お前たちが飢えることなく生きていけるよう私が保証する」

鬼は唸り声を上げるが小角は怯《ひる》まない。

「その証がこれだ」

小角は鬼の子たちに見せたように、前髪を上げた。

次の瞬間、鬼は動きを止めた。鬼の顔がはじめて鮮明に浮かんだ。

巌《いわお》のように荒々しいが、そこには小角とよく似た端整な顔立ちがあった。

「お前は我らと同類のはず。何故人と供に在るか」

鬼が問う。

「同じ天の下に在り、異なる地の上に在るために」

「我らはもう、人を喰らった……」

「人もう、山を喰らっている。互いに止めればよいだけのことだよ。さあ、戻りなさい」

その顔は泣くように歪み、すさまじい咆哮と共に堂の外へと消えていく。何か物言いたげな鬼の顔が、目の前に残っているような気がした。

一帯を覆っていた生臭さを伴った空気は去り、飛鳥を囲む山々から清らかな風が吹き寄せる。陰影に覆われていたようだった六角堂は、丹色《にいろ》の明るさを取り戻していく。

「さあ、お前の友を助けに行こう」

広足は我に返り、急いで小角の後に続いた。

小角が六角堂の扉を開けると、異様な匂いが漂っていた。この匂いを、広足はよく知っている。貧困と死が間近にあった悲田院に働く者として、何度も嗅いできたものだ。

「これは……」

甘みすら含んだ饐《す》えた香りは、死の芳香《ほうこう》である。清らかな外気が吹き込んだ堂宇の中には、蘆日が座っていた。きちんと背筋を伸ばして、小角たちを見ている。だがそこに潤みを帯びているはずの瞳の輝きはなく、ただ、ぽっかりと空いた眼窩《がんか》がのぞいているだけだ。

「誰がこんなことを……」

その肩を抱いた広足の呼びかけに、蘆日は首を軋ませながら答えた。少女の肌はかさつき、ひび割れている。指は辛うじて動き、小角に向けて突き付けられていた。

「お、おづ……」

ゆっくりと歩み寄った小角は、そのこけた頰に優しく両手を当てた。

「死人帰りの術を使われたのか？」

「憎《にく》い……父……」

乾いた頰に、一筋の涙が流れた。広足は事情を察して振り向いた。先ほどまでついてきていた父親の姿がない。

「小角さま！」

怒りと共に広足は叫ぶ。

「コンガラ！　セイタカ！」

小角の声に童子たちが現れる。いつもと違い、不動《ふどう》の眷属《けんぞく》は怒りを炎として体にまとっていた。

「逃げた男を捕まえてこい」

童子たちは勇躍して闇の中へと消えていく。

「蘆日、まさか広山頭さんに」

「一度肉体を殺されると、その魂魄は二度と肉体に帰ることができないのが建前だ。だが強力な術は、魂魄を肉体に戻すことができる。朽ちた肉体に押し込まれた魂は、鬼を引き寄せるのに格好の罠となったのだろう」

小角は蘆日の頬にあてた手のひらから、様子を探っているようであった。

「何とか戻したい」

その額に汗が光る。くちびるが口惜しげに曲がった。だが、蘆日が小角の手を掴み、ゆっくりと下ろした。

「鬼……じゃ……ない。鬼……もう……喰わない」

小角はその前に膝をついた。

「鬼の餌にされたのではない？　どういうことだ」

「鬼も……苦しんで……優しい……。わたしを……助け、ようと……」

その言葉に、小角の肩が大きく上下した。蘆日は身を震わせ、骨を軋ませて苦しんでいる。

「ころ……して……」

骨の見えた指で、小角の袖を掴もうとした。小角はしばし瞑目すると、印を結ぶ。これまで何度か見てきた、不動印だ。

「小角さま、何を」

「苦痛から解き放つ」

真言と共に、蘆日の周囲に炎が立つ。衣は焼け、炎は枯れ切った肉体へと移ってい
った。紅蓮の中に取り込まれた少女の体はやがて熱の中で朽ちていく。だが広足は、
醜く変じた肉体の代わりに、美しい少女の姿がそこに浮かび上がるのを見ていた。

「ありがとう」

そうくちびるを動かし、少女の影は消えた。広足は友の名を呼びながら慟哭《どうこく》した。

「誰が、何のために……」

広足は泣きじゃくりながら、焼け落ちた友の屍《しかばね》を撫でた。

小角は広足を促すと六角堂の外に出た。

「私をここに足止めするために、人の欲を使ったのだ。一人の娘を屍とし、鬼の子の
父を非道へと堕《おと》した。私にも責がある。すまない」

小角が謝るのを見るのは、初めてだった。

「娘を捧げて私を鬼に喰わせれば、巨万の富を得ると広山頭に吹き込んだ者がいる」

「人喰いは鬼だったのですか」

「残念ながらそうだろうな。山に隠れ住んでいた彼らの禍々しい一面に火をつければ、

里の者の恐れと憎しみを増すことができる。里の憎しみは山との争いを呼ぶだろう」

自分を落ちつけるように、小角は大きく息を吐いた。

「だが、鬼は荒々しさと共に優しき心も持つ。死人帰りを使われた娘を見て最後に正気を取り戻し、己の力を与えて助けようとしていたのだろう」

小角の表情には明らかな怒りが浮かんでいた。

「人の命を弄んで事を成そうというのは、数ある術の中でももっとも醜いものだな」

小角の広い肩が、微かだが震えていた。

「これ以上は神を喰らうことも、人を喰らうことも、私は許したくない」

その影が膨らんでいる。広足はそこに、鬼の面影を見ていた。

第六章

一

燃え盛る広山頭《こうさんとう》の屋敷を後にした小角《おづぬ》は、蘇我石川麻呂《そがのいしかわのまろ》の屋敷へと向かった。都の一角で火が出たということで、縦横に走る街路は騒然としている。広足《ひろたり》たちは人ごみと砂埃《すなぼこり》の中を猛然と進み、やがて一際大きな屋敷の前に立った。

門は開かれ、一軍が火を消しに向かうのとすれ違う。戦が近いことを感じさせる慌ただしさが、まだ屋敷の中に残っていた。

瓦葺《かわらぶき》の唐風《とうふう》の寝殿は寺院のように荘厳《そうごん》なつくりである。かつて大王《おおきみ》を超えんばかりの権勢《けんせい》を誇った蘇我氏の勢いを感じさせた。

「昔の名残がありますね」

なるべく感情を抑えて、広足は言った。

「名残どころではないよ。皇子《おうじ》や鎌足《かまたり》が思いきって政《まつりごと》に取り組めるのは、石川麻呂のおかげだ。その功績が大きすぎて危ういほどだ」

「功績は大きければ大きいほどいいのではありませんか」

「大きければ大きいほど、重荷になるものだ。もし本当に大きな功《いさお》を立てるのであれば、その功を捧げる相手と一体になる覚悟を持たなければならない」

「小角か」

広足が口を開く前に、屋敷の奥から一人の男が出てきた。

体の大きな男である。蘇我の男は広足も何人か見たことがある。肩幅が広く、耳が左右に大きく張り出した、堂々とした風采《ふうさい》の男が多い。その中でも、この石川麻呂という男は別して大柄だった。阿倍比羅夫《あべのひらふ》も立派な体軀《たいく》をしていたが、この石川麻呂には敵わない。

彼の勇が広足の一族から栄華を奪い、彼の勇を信じるあまり、入鹿《いるか》と蝦夷《えみし》は為すべもなく滅ぼされたのだ。

「大変な騒ぎだ。お前の仕業か、小角」

石川麻呂は決めつけるように言った。

「私がつけた清めの炎だ。あれ以上広がることはない。大げさなことだ」

「大げさも何も、都に火をつけてただで済むと思っているのか。お前は無用な騒ぎばかり起こす。大海人《おおあま》さまをさらってみたり、都に火をつけてみたり。挙句《あげく》は私に無理難題を吹っ掛けに押しかけてきた」

石川麻呂は渋い顔で文句を言った。

「そちらも随分《ずいぶん》と皇子や鎌足の顔色を気にするようになったね。入鹿や蝦夷が幅を利かせていた頃は、もっと堂々としていたものだが」

「あの二人の政は蝦夷たちの比ではない。小角はどれほど験力《げんりき》があるのか知らんが、彼らを敵に回すようなことは止めておいた方がいい」

「肝に銘じておくよ」

蘇我の惣領《そうりよう》を相手に、小角はまるで遠慮したところを見せない。蘆日《あしび》のことをきっかけに、小角は怒りを隠していなかった。

左右の舎人《とねり》にも軽く手を上げたのみで屋敷の中に入っていく。その後をついていく石川麻呂の方が従者のようであった。客殿も大きく、十人ほど着座できそうな大きな卓の周囲に、無数の灯火がともされている。小角たちはそこに席を勧められた。

「小角、皇子の身柄を使ってよからぬ企みをしているのは本当なのか。それだけはまずいぞ。疑いをもたれるだけでもまずい」

「よからぬかどうかは取り方次第だとは思うが、せっかく山の中まで来ていただいたのだから、それにふさわしい接待をさせてもらってはいる」

「その代価を取ろうというのだから、不逞《ふてい》にもほどがある」

「だからそれも受け取り方次第だ」

年若く見える小角が、四十前の大臣《おおおみ》を手玉に取るように話している。広足が半ば呆然とその様子を見ながらついていく。

「そなたは誰か。役神《えんのかみ》にも見えないが」

石川麻呂は話題を変えようとでもするように広足に話を振った。広足が名乗ると、表情一つ変えずに頷いたのみであった。

「よくぞ滅びずに生き残った」

「滅ぼした方に言われたくはありません」

広足はまっすぐ石川麻呂を見据えた。

「滅ぼされ、生き残ってしまった者には恨みが残る。恨みが残れば、晴らそうとするものだ。その心が人に強い力を与えることがある」

石川麻呂は表情を変えないまま言った。

「世が世なら、お前は物部《もののべ》の姫として皇子の妃《きさき》となっていたかもしれん。大王の母として世に君臨していたかもしれん。だが今は、験者《げんじゃ》小角の弟子として我が客となっている」

なぶられている、と広足は不愉快になった。だが石川麻呂の表情には、ある種の悲哀のようなものが浮かんでいた。

「我が一族は蘇我のために物部を討《う》ち、皇子を討ち、そして私は同じ蘇我を討った。そして大臣として残った。これも世だ」

「まだご不満なのですか」

「倒すべき相手がいないのは、つまらんものだ。だが私が仕える皇子と内臣《うちつおみ》を見よ。目に見えぬ敵と奮闘する毎日だ」

「見えぬ敵？　妖《あやかし》のようなものが朝廷に出るのですか」

「もっと厄介《やっかい》なものだ」

「それは？」

「国という化け物さ。いや、昔は目に見えなかったが、今は見えつつあると言うべきかな」

石川麻呂は理解できないでいる広足に構わず、唐から来たという茶を従者に淹《い》れさせた。ふわりと室内に香る匂いは、小角の近くでするものと良く似ていた。小角は無造作にくっと飲みほした。

「おい、これは随分と高価なものなんだぞ」

「石川麻呂は豪傑《ごうけつ》の風《ふう》があるのに、時々けちくさいことを言う。そうやって隙を見せないで生きようと考えているんだろうが、拳を上げて頭を守っているつもりで腹ががらあきなのが滑稽《こっけい》で仕方がない」

「一宿借りておいて罵《のの》るな」

と石川麻呂は苦笑する。それでも、すぐに従者に命じてもう一杯注《つ》がせた。

「茶などこの国でもそのうちいくらでも生えるようになる」

「わかったわかった。で、大海人皇子はどこにおわすのだ」

石川麻呂はそれ以上相手にせず、本題に入った。

「皇子をだしに交渉しようというお前をわざわざ屋敷に招き入れたのだから、そこはしっかり答えてもらわねばならぬ。皇子をかどわかした罪を問うて捕縛《ほばく》されても文句は言えないのだぞ」

「まず最初に言っておくが」

脅しにすら聞こえる石川麻呂の言葉に対し、小角が冷ややかな声を発した。

「皇子は誰にかどわかされたわけでもない。私の招きに応じ、讚良皇女《さららのひめみこ》と舎人の蹴速《けはや》を連れて、自らの意思で山に入ったのだ。これはいずれ本人に訊けばわかる」

石川麻呂が苦い顔になった。

「既に、ここなる広足が比羅夫を通じて鎌足に話を持っていった。内臣である鎌足はこちらの話を聞くというのに、大臣の石川麻呂がそのような強面で押し出してくるのは、どういうことかな」

さらに苦い顔になった石川麻呂であったが、「皇子の無事と保呂《ほろ》の話は別だ」と釘を刺した。

「何故？」

「天下の皇子と小さな集落の長《おさ》を等しく交換するのは、道理に合わないだろう」

「大和《やまと》に住まう人々の長であることに変わりはない。都祁《つげ》の民の方が大王の一族よりもはるかに古くからこの辺りに住んでいるのだ。治めている地は小なりとはいえ、敬して接するのは当然だろう」

「敬が向けられるのは朝廷に対してのみだ。他の者はただ服せばよい。それが君臣の間というものだ」

小角は冷たい一瞥《いちべつ》を石川麻呂にくれた。

「そんな外から来た礼儀、あまり性急に飲み下すと喉が詰まるぞ」

「我ら国を治める者たちがまず飲み下さねばならぬ。人に貴賤《きせん》があり、それに従うからこそ国は強くなり、併せて平穏でもいられるのだ。ともかく、皇子と保呂の話を等しく扱うことには承服できん。それに、だ」

さらに険しい顔をして石川麻呂は言葉を継ぐ。

「都に出る人喰《ひとく》いが猛威をふるっている。お前が関わっている、という噂も流れているのだ。身を慎め」

「その噂の出所を知らないあなたではあるまい。このまま私が黙っていると思われては、面白くないな」

「だからこそ、すぐに捕らえるようなことはせんのだ。だが、噂であっても真実と信じる者が増えれば偽りも真《しん》になりかねぬ」

「偽りは偽りだ」

小角は椅子に深く腰掛け、頭の後ろで指を組んだ。

「私と共に、真実の道を歩まないか。その気になるまで待たせてもらうよ」

「お前に指図されるいわれはないわ」

鼻を鳴らした石川麻呂も、我慢比べなら受けて立つとばかりにふんぞり返ってみせた。

二

日が傾くのにつられるように、火の勢いも収まっていった。石川麻呂の屋敷から出て行った兵たちの帰ってくる足音も聞こえてきた。

「火は消えたか。一安心だな」

石川麻呂が一つ安堵の息をついた。

「すぐに収まると言っただろう。私の験力で生じた火なのだ。役割を終えれば消える」

「それはどうかな。人数が出て、火を消したからだ」

「そうして自然なものを己の功績にするのは感心しない」

「結果として火が消えればよいのだ。その功が誰に帰すかは、政が決めればよい」

小角は鼻で笑い飛ばした。そこに、舎人の一人が来客の訪れを告げた。

「こんな夜更けに誰だ」

石川麻呂が首を傾げつつ立ち上がったが、やがて一人の男を伴って帰ってきた。石川麻呂よりも一回り体は小さいが、虎のような髭で、衣がはち切れんばかりの逞しい腕からは数多の戦場をくぐり抜けてきた傷跡がのぞいている。

「比羅夫さま」

広足は腰を浮かしかけるが、小角は平然とした顔で座り、頭の後ろで組んだ指を解こうともしなかった。

「比羅夫は小角に会いに来たそうだ」

どこか呆気にとられた顔で石川麻呂は客人を導いてきた。

「比羅夫とお前は面識があるのか」

「名前はかねがね聞いている」

そう言いつつ居ずまいを正した小角は、まるで館の主のようなゆったりした態度で、比羅夫に席を勧めた。

「そろそろ来ると思っていたよ。この国でただ一人、私が認めるもののふよ」

「それは光栄なことだ」

石川麻呂とは違う圧力は、まさに武人特有のものであった。以前使者として吉野《よしの》で会った時とは雰囲気が一変している。戦いに臨むような気魄《きはく》を漲《みなぎ》らせていた。

「保呂は無事だ」

と比羅夫が言うと、小角は満足げに頷いたが、石川麻呂があっと声をあげかけた。

「それがまず聞きたかった」

「だが殺せと命じられている」

石川麻呂はくちびるを結んで黙りこみ、小角とも比羅夫とも視線が合わないようにしている。いきおい、正面に座る広足と目が合うことになった。大臣である石川麻呂は、保呂を殺せという命令を知っていたのだろう。

「比羅夫は殺さずにここに来た。故《ゆえ》あってのことだね」

小角は身を乗り出すようにして訊ねた。

「何故皇子の命をそのまま実行しなかった」

横から石川麻呂が詰問するが、比羅夫は臆《おく》することなく大臣を見返した。

「命は受けました。受けた以上、取り消されぬ限り行います。ですが、鎌足さまからは、いついつまでに殺してこい、とは命じられませんでした。疑念を抱くことを禁じられたわけでもありません」

「そのような屁理屈をこねていては国が回らん！」

叱りつける石川麻呂とはねつける比羅夫の気迫がぶつかり合った。

「人の頭はそう簡単に切り替わるものではありません」

石川麻呂は押されたように腕組みをして口を噤んだ。

「ともかく、保呂は無事でいるが、殺せとの命が鎌足から出されているのだな。それで、比羅夫は私に何を望む」

比羅夫はじっと小角の顔を見つめ、

「鎌足さまがこの命を取り消すような真実を見つけて欲しい。俺は賀茂大蔵《かものおおくら》がその鍵を握っていると考えている。坂上老《さかのうえのおきな》たちを向かわせているが、それだけでは足りぬかもしれん。お前の力が必要だ」と頭を下げ、さらに続けた。

「朝廷が保呂を殺せと言うのは、古き神々と民の蜂起《ほうき》を恐れているからだ。つまり、古き者たちが飛鳥の大王に対して弓を引く意思がなく、鬼のような恐ろしいものを里に放ってはおらぬ、と証明すれば、鎌足さまの心は動かせると俺は思っている」

「中大兄《なかのおおえ》、ではないのだな」

念を押すような小角の言葉に、比羅夫はしっかりと頷いた。

「石川麻呂はどう考える」

小角が問うと、

「政は理で行う。鎌足は内臣で、私と立場は変わらない。古き民が逆心を持っているのであれば、この機に一気に滅ぼした方が良い。だが、皇子がもし保呂を殺せという命を撤回するならば、私は従う。それが乙巳《いっし》以来定められた政の形だからな」

と不満げに言った。

小角は卓の上に肘《ひじ》をついて指を組んだ。不遜《ふそん》な姿勢だが、小角にはよく似合った。

「この騒動の発端は、鬼と呼ばれる人喰いが都に現れたことと、神喰《かみく》いと呼ばれるものが山を荒らしたことにある」

それを聞いて、石川麻呂と比羅夫は顔を見合わせた。

「神喰いだと？」

「里の氏族がそれぞれ神を奉じているように、山の民もそれぞれ神を戴《いただ》いている。その神を喰らう怪物の出どころは、里ではないかと彼らは疑っている」

「知らぬ」

石川麻呂が顔を紅潮させた。

「だろうね」

小角は深く追及しようとはしなかった。

「だから知っている人間を呼ぼうと思うんだ」

屋敷の門の方から、童子《どうじ》の歌う声が聞こえてきた。

「わなかけだれだ」

「かかるはかもなり」

「そもそも」

「かみなりおとせ」

「くらにおとせ」

だがいつもの楽しげな歌声ではなかった。怒り、唸るような声である。そんな童子たちに両手を引きずられ、うなだれて姿を見せたのは、広山頭であった。

三

飛鳥板蓋宮《あすかいたぶきのみや》は東に多武峰《とうのみね》、南に高取山《たかとりやま》を従えるような形で作られている。南の高取山は東西に長い稜線を持ち、吉野への壁となっている。

多くの谷があり、仏教が伝わってからは多くの寺院が開かれるようにもなっている。その先鞭《せんべん》をつけたのが蘇我氏であり、蝦夷は高取山西側の丹生谷《にうだに》という緩やかな傾斜地に、桙削寺《ほこぬきでら》という寺院を建てていた。

権勢並ぶもののない蝦夷の作った寺院だけあって、二十を越える堂塔が建ち並んでいたが、蝦夷と入鹿の亡き今となっては往時の勢いもない。ただ、人気も少なく、身を隠すには格好の場所であった。

「都のすぐ近くに来たのに、まだ隠れていなきゃいけないのか」

と大海人は不服そうであった。

「近くだからこそ、です」

「都にいる者は全て味方だぞ」

「味方であるから安全だとは限りません」

「蹴速は難しいことを言うな」

石段の上に胡坐《あぐら》をかき、大海人は小鼻を膨らませた。

「山に入るのに心構えが必要なように、出る際にもそれなりの手順が必要なのです。皇子は里の人ですから、小角さまの先導に従うのがよろしいのですよ」

蹴速は宥めた。

「早く讃良と遊びたいな」

石段の上から足を揺らす姿はまだまだ子供である。そんな様を微笑ましく見ていた蹴速がぴんと耳を立てた。

「どうした？」

「いえ……何かの音を感じました」

「このような山の中だ。獣でも妖でもいるだろう」

「人の匂いです」

「お寺だもの」

「こちらを取り囲んでいます」

大海人は揺らしていた足を止めている。しん、と境内は静まり返っていた。虫の声も葉ずれの音もしない。風も止み、全てが息を詰めている。

「水音もしなくなった」

谷を流れる細流の微《かす》かな音まで止まっている。蹴速は大海人を堂宇《どうう》の陰に隠し、懐から幅広の短刀を抜き、左右の手に構えた。

呼吸を鎮めると、大海人の息遣いが感じられる。静かで、落ち着いている。異変があっても、こうして信じていてくれることに蹴速は満足していた。その信に応えるために、自分は存在しているのだ。

山と気配を同化させ、そして山に入り込んだ者たちの気配をあぶり出す。

（いた……）

結界を作って人を閉じ込めることができたとしても、それはあくまでも山の一部を借りているだけに過ぎない。験者の存在を感じ取り、隠れていた堂宇から出て近づいていく。相手は気付いていない。山の気配と同化した蹴速を捉えられるわけがないのだ。

白い衣姿の男が木々の間に立っている。さらに木立の向こうにも点々といて、符術《ふじゅつ》を行っている様が木の上に登ると見えた。

「呪禁《じゅごん》の験者が何をしている」

蹴速はあえて声を発した。験者たちは慌てて術を乱す。飛びかかった蹴速が一人を組み伏せて首に刃を突き付けた。

「誰の命だ」

と訊ねてはっと刃を離した。そこには人型の木板に符を貼り付けた傀儡《くぐつ》がいるだけだ。だが傀儡は立ち上がり、襲いかかってくる。自在に跳躍する傀儡を蹴り壊し、術の源を探る。だが、容易には探り当てられない。

全て壊し、その衣の破片を手に取る。そのあたりの拝み屋が着る、粗末な麻衣ではない。

「もしや……」

と考え込む蹴速に向かい、無数の鏃《やじり》が殺到《さっとう》した。素早く跳躍し、後を追ってくる鏃を双剣《そうけん》で叩き落とす。鏃から漂う臭いで毒とわかったが、蹴速の肌を傷つけることはできない。それを察したのか、射込まれるのは火矢へと変わった。

木々に刺さった火矢が炎を広げていく。生きている木は水をたっぷり含み、そう易々《やすやす》とは燃えない。しかも大和の山には雨も多く降り、決して乾いてはいないはずだった。だが、木々は油を塗ったかのように激しく燃え上がる。

「水を禁じたか！」

蹴速ははっと気付いて大海人が待つ堂宇に戻ろうとする。だが、炎の舌が木立の上下を激しく往復して行く手を阻む。

「皇子！」

「ここだよ！」

大海人の声がやけに遠くに聞こえる。だが炎の音が激しい。蹴速は燃え上がる木の幹を蹴って跳躍するが、炎の壁に遮られて大海人のもとへはたどり着けなかった。

「ぼくは大丈夫だ！　蹴速はこの術の源を断て！」

「はっ！」

大海人の呼吸は迫り来る熱に荒くなっている。だがそれでも、恐怖を押し隠して堂々と命じていた。山に入ることは人を育てる。大海人にはこれまでになかった強さが表れ始めていた。

己の身が焼かれようとも、主は助ける。蹴速の咆哮《ほうこう》が高取山に響く。

衣が弾け飛び、犬神《いぬがみ》の本性が顕《あら》わになった。炎の中に突進しようと土を蹴りかけて慌てて止める。

「何だ……」

どこからか声が聞こえてくる。

「呪を唱えているのか」

とその源を探す。遠いようで、ごく近くからするその詠唱は徐々にはっきりと耳に聞こえてきた。

『丹生の川上に陟《のぼ》りて、用《もち》て天神地祇《てんじんちぎ》を祭りたまう。則《すなわ》ち彼の菟田川《うだがわ》の朝原にして、譬《たと》えば水沫《みなわ》の如《ごと》くして、呪《かし》り著《いちじるし》かる所有り……』

「丹生の竜神への祈り……」

炎はまだ激しく燃え盛っているというのに、涼風が吹いてきた。この風を蹴速はよく知っている。夕立の前、鉄床雲《かなとこぐも》の下に入るとこのような風が吹く。

嵐の気配がこれほど瞬時に高まるのを、蹴速も感じたことはなかった。

「来た！」

凄まじい雷鳴と共に、滝のような雨が炎の壁に叩きつけられた。蹴速は手に雨粒を受け、それを口の中に含んで転がす。甘露《かんろ》のような優しい甘みは、験力の証だ。

水の一滴一滴が、炎の壁を確実に消していく。意思を持つように抗《あらが》う炎がやがて下火になり、焼け焦げた木立を残してついに消え去った。

呪は、いや、歌はまだ続いている。幼くもよく通る声だ。神へ日々祈りを捧げ、そのための修行を欠かさない者だけが発することのできる、特別な声である。

「讃良さま！」

大峯《おおみね》で帰りを待っていたはずの皇女がそこにいた。

「お一人ですか？」

「洗糸《あらいと》に送ってもらったの」

その洗糸は木の上から輝く糸を放ち、傀儡の行者を両断する。彼女の肩から飛び立った一羽の神鷹が黄金色の刃となって逃れようとした験者の胴を貫いた。

大海人が讃良に駆け寄って、ぎゅっと抱きしめた。

「助かったよ」

だが讃良は大海人を押しのけて、腰に手を当てて二人を叱りつける。

「大海人さまも蹴速もしっかりして下さい。もしここで二人とも焼け死んだら、小角さまの策が台無しになっちゃうじゃない。それに大海人さまは中大兄皇子の弟なんだから、命を粗末にするようなことをしちゃだめです」

「だって、蹴速とぼくにここで隠れていろと言ったのは小角だよ」

大海人がくちびるを尖らせて言い返すと、讃良は急にあくびをした。

「……私、ちょっと疲れちゃったわ」

讃良は言い返す大海人の言葉も聞かず、まだ湯気を上げている木にもたれるとすぐさま寝息を立て始めた。蹴速と大海人は顔を見合わせる。蹴速が讃良を抱き上げようとした時にぱちりと目を開け、

「あ、そうそう。もうじきコンガラとセイタカが迎えに来ますわ」

と言うなりまた寝息を立てて眠ってしまった。

四

夜が深まってきた。鎌足は空を見上げてぐっとくちびるを嚙んだ。

改新の端緒となったあの壮挙《そうきょ》から、もう四年の月日が経った。

あの時は、これほど闇が重くなかった。一度大きく息を吐き、主君の前に膝をつく。室内には皇子と自分しかいない。

「比羅夫から、保呂が術を使って近づけない、との急使が参りました」

鎌足が報告すると、中大兄は苛立たしげに膝を叩いて立ち上がった。

「賀茂大蔵は？」

「既に向かっております。我々も急ぎましょう」

鎌足が言うなり、中大兄は早足で歩きだした。

皇子の五歩後ろが鎌足の決まった立ち位置だ。近すぎず、遠すぎない。ここからだと皇子の全身が見える。肩が上がっているか下がっているか、歩調が急いでいるのかそうでないのか。

その時にどのような言葉が発せられるのか、言葉の奥底にあるものが何なのか、皇子を知ってから何年もの間考え続け、そしてあらゆることを理解しつつあった。そのためにあらゆる策と謀《はかりごと》を捧げている。だが、まだ完成ではない。

「保呂の命が尽きるところをご覧になりますか？」

中大兄は廊下を曲がりながら頷いた。

「もはや彼我の差は大きいとはいっても、我々の父祖が怖れ、敬した相手だ。それくらいの礼を尽くしてやらねばならぬ」

「都に来てからおとなしくはしていますが、皇子を前にしてどのような術を弄するかわかりません」

「だから大蔵を差し向けているのだろう」

皇子には無数の美点がある。だが同じだけ欠点もある。鎌足は主君にある光と影をそのまま愛していた。美醜《びしゅう》のない平凡よりも、飛び抜けた美点と補いようのない欠点がある極端こそ、広き天下を統《す》べることができるのだ。

鎌足は己を省《かえり》みて思う。自分には何もない。何の凹凸《おうとつ》もない。皇子のきらびやかさが羨ましい。それだけではない。かつては自分たちより権勢を握っている者たちが全て眩しかった。蘇我も、物部も、賀茂も、不思議な力を持つ古き民も。

ではどうするのか。

「これから私は」

答えは一つしかない。鎌足はぐっと拳を握りしめる。

そんな鎌足の心を知ってか知らでか、皇子は足を速めながら言った。歩調が速まるのは緊張している時の癖である。

「多くの死を見なければならない。人が大道を激しく往来すればいずれぶつかり、勝者と敗者が生まれる。敗者のうちある者は死に、ある者は従う。そして勝者はまた大道を歩んで国を広げ、強くしていく」

「それこそが、我らの生きる道でございます」

「だからこそ、敗れし者の死には向き合っていかねばならぬ」

立派だ。天皇たる者に必要な仁慈《じんじ》を生まれながらにして持っている。だが、皇子には一つの死に緊張してしまう繊細なところも、まだあった。

「王として見送ってやる」

自分に言い聞かせるように声を強めて繰り返しているうちに、坂田寺の前に着いた。守っているのは、比羅夫の将である老と大石《おおいし》である。彼らは松明《たいまつ》を掲げて皇子の周囲を照らすと、頭を下げて道を空けた。そしてちらりと互いを見る。

中大兄は荒くなった呼吸を整え、寺院の中へと入ろうとした。

「保呂はここだな」

鎌足が答える前に、二人の間の闇が歪《ゆが》んだ。少しずつ人の形をとったそれは、皇子を見て恭《うやうや》しく拝跪《はいき》する。だが、鎌足に対しては傲然と胸を張ったまま対していた。験者の長である賀茂臣大蔵は、鎌足に背を向ける形で立った。

「確かに、ここにおります」

白い袖《そで》を寺院に向ける。

「恐ろしい術を使って、我らに害を為そうとしております」

「害とは何か」

「都祁の神は常世《とこよ》の虫です。幼き時は醜く、長じて美しく蝶の姿をとりますが、振りまく鱗粉《りんぷん》は人を狂わせ命を奪います。かつて大和の大王が彼の地を征服できなかったのもそのせいであります」

「なるほど」

中大兄は険しい表情で松明に照らされた寺院を見上げる。

「都祁の長は人を幻惑するその力で各地の古き民を扇動《せんどう》し、鬼を都に放ち、大王への反逆をそそのかしております。その保呂が大人しく都に連れて来られた理由を皇子はご存じか」

大蔵の声は低く、そして平板であった。耳に心地よくはないのに、どこか惹きこまれる。鎌足は警戒しながらも、その続きを聞きたいという気持ちを抑えられなかった。

「知らぬ。大蔵は知っているのか」

「もちろんです」

大蔵は肩を揺らして皇子に一歩近づいた。鎌足は思わず大蔵を押しのける。

「近すぎる。皇子の体に触れる位置に立つことは許されぬ」

「いずれ万乗《ばんじょう》の位に昇られる玉体に、験者ごときが触れることは許されませぬか。しかし、妖に憑《つ》かれ、病に罹《かか》れば我らの手指にかからなければ治癒しないこともあるのですよ」

「その時はその時だ」

「先を考えて我らを大切にされた方がよろしいよ」

皇子は二人のやりとりを止めさせ、大蔵に保呂の様子を訊ねた。

「彼は今、繭《まゆ》となり、古き神の力を身にまとおうとしています」

「繭？」

「蝶は美しく羽を広げる前に繭を作って己の姿を変えます。その姿を保呂がとることこそ、大王や都への害意以外の何ものでもありません。囚《とら》われるふりをして都の奥深くへと入り、皇子に悪を為そうとするでしょう」

中大兄はその姿をぜひ見たい、と身を乗り出した。

「皇子！」

鎌足が止めても聞かない。

「害を為そうというのだ。その必死さを目に焼き付けておきたい。大蔵、備えは万全であろうな」

「もちろんでございます」

ちらりと鎌足を見た大蔵はさっと手を上げた。大蔵が現れた時のように、闇が歪んで人影が浮かび出る。兵たちだけが取り囲んでいると見えた寺院の周囲には、験者たちも結界を張って備えていた。

「私は各地の神々、そして異国の教えをも取り入れてさらなる力を手に入れました」

大蔵は呪を唱える。験者たちが印を結ぶと、そこから赤紫の禍々《まがまが》しい光が四方へと伸びていった。光は繋がり、やがて六芒星《ろくぼうせい》を描きだす。夜空の雲も赤紫に染まった。

「仏の教えにこのようなものがあるのか」

「釈迦《しゃか》という者の教えがどんなものか、興味はありません。海を渡った先にも、多くの神々とその力を借りる術があることを知るのみ。日本の神は関わりの強い者にしか力を貸しませんが、異国の術は人と場所を選ばず、験者の力によって自由に引き出せることを私は発見したのです」

六芒星は暗い光を放ち、寺院を締め付ける。

「もし皇子がお許しになるなら、繭のままで保呂を滅ぼしますが、蝶となった瞬間を狙うこともできます」

中大兄は迷っているように見えた。人が神と化して蝶となるなど、そうそう見られる光景ではない。だが、それは政には不要な感傷だ。

「お望みとあらば、繭から出たばかりの一番美しい姿で封印を施して差し上げますよ」

媚《こ》びるような口調で大蔵は言う。

「……いや、それはいい。古き民の王として、誇りをもって死なせてやってほしい。その死で各国の古き者どもが、我らに逆心を抱かぬよう、百の戒《いまし》めとするのだ」

「心得てございます。では、その死を人々の目に焼き付けなければなりますまい。さあ、我が術が保呂を締め上げている間に扉を！」

大蔵は兵たちに命を下すと、扉を開けさせる。中には本尊《ほんぞん》の釈迦像が安置してあるはずであった。だが松明に照らされた物を見て、中大兄も鎌足も絶句した。

「これが……」

白は天空に浮かぶ雲の白であった。決して人の手が届くことのない、純潔の白を目にすると、大蔵や験者たちが身につけている白の衣は随分と薄汚れて見える。

「この中はどうなっているのだ」

中大兄は繭に吸い寄せられるように近づき、手を触れようとした。だがその手を鎌足が摑んで止める。

「験者が駄目で、ご自分はいいのですな」

大蔵が皮肉を口にした。

「皇子にはお前のような邪心がないからな」

「邪心しかない鎌足さまにしか言えないお言葉だ」

とさらに嘲笑《あざわら》う。

「薊に触れると何が起こるかわかりません。皇子はおさがり下さい。では、古き民の長として盛大に魂を天に返し、体を地へと還しましょう」

六芒星から水滴のようなものが垂《た》れると、薊について火を発した。蛍火のように瞬いて炎が広がっていくさまに、中大兄も鎌足も見入ってしまう。

「む？」

大蔵が膝をつき、地に触れた。

「どうした？」

鎌足が訊ねる。

「妖の気配がします！」

大蔵の言葉と同時に、大地が揺れた。地割れが走り、鎌足が中大兄の手を引いて逃げようとする。だが地割れは縦横に走って行く手を阻んだ。

「落ち着かれよ」

大蔵の声は静かなもので、鎌足は不愉快さを覚えた。

朝廷が頼りとする験者が動揺していないことは、この妖への対し方が既にあるということだ。鎌足にはどうにも手の出せない世界がそこにある。鎌足の舌打ちが聞こえたのか、大蔵はますます得意げな表情となった。

「さあ来い、古き妖よ」

地割れの中から姿を現したのは、巨大な蜘蛛《くも》であった。

鋼《はがね》の毛にびっしりと覆われ、本堂の柱に伍するほどに八本の足は太い。鋭い牙は磨き上げた鉄の黒い輝きを放ち、垂れさがる唾液が土に触れて白煙を上げている。

「皇子よ、こやつが何者かわかりますか。大和の朝廷が与えた名を持たず、ただ強烈無比な通力を持つ怪物です」

異様な姿に、中大兄は圧倒されていた。

「土蜘蛛も古き民。都祁の長によって扇動された彼らは、神の助けを借りて保呂を取り返そうとしているのです。それだけではない。古き者どもの力を結集し、新しき国造りをしようとする皇子と鎌足さまの都に人喰いを放ち、その偉業を妨げようと企んでいるのだ！」

大蔵の声に呼応するように吠えた大蜘蛛は、皇子の首を薙ぐ勢いで足を振り抜いた。鎌足が皇子の腰を抱えて地面に倒れ伏す。

「大蔵、すぐに土蜘蛛を祓《はら》え！」

「もちろんですとも！」

鎌足が命じると、大蔵は自信たっぷりに応じ、大剣を抜いて土蜘蛛に対した。

大蔵の剣と大蜘蛛の脚と牙は火花を散らし、怒号のような大蔵の気合が境内に響く。中大兄はその戦いぶりをじっと見つめていた。

「皇子よ、古き者たちは国を危うくするものです。何とぞ我ら賀茂の験者に、あらゆる神、妖を統御する権限をお与え下さい。さすれば、我らは朝廷の裏の垣となり、塀となって天下を結ぶ大道と、その中心となる朝廷をお守り致しますぞ！」

中大兄は頷きかけて、鎌足を見た。大きな決断をする時は、必ずこうして鎌足の意を訊ねる。

「待ちましょう」

鎌足がそう目で答えると、中大兄はしっかりと頷いた。大蔵は傷を負い、髪を振り乱して戦っている。鎌足はその戦いぶりをじっと見つめていた。

「さあ、お答えを！　命をかけてお守りしようとする験者の心を無にするのですか」

土蜘蛛は猛り狂い、験者たちをなぎ倒して炎をまとう。大蔵の巨体と何度もぶつかり合って、鎌足の頭上を何度も刃が掠めていった。

「もし皇子が我ら賀茂に許しを下さるなら、私はこの肉体を贄《にえ》とし、この命と引き換に斬り裂かれた無数の傷口からは血が滴り落ちている。

衣は全て切れ落ち、その下から巌《いわお》のように鍛え上げた体が見えている。大蜘蛛の脚

えにこの邪なる神を滅ぼして見せましょうぞ！」

「皇子！」

その必死の叫びからは、先ほどまでの余裕は消えていた。

「皇子には真実を見抜く眼力がおありのはず！　疾《と》くご決断を！」

悲鳴のような大蔵の声に、中大兄はすっと背筋を伸ばした。

「よし」

大蔵は土蜘蛛からさっと距離をとった。鎌足は中大兄のくちびるに注目した。皇子

はこの験者に古き神々を全て任せるのか。己の謀に、鎌足は疑いを抱いた。

思わず皇子の袖を摑みかけた時、繭に変化があった。ところどころ燻《くすぶ》っているが、

まだ燃え落ちてはいない。そして拍動を始めていた。

「ばかな」

焦りを見せたのは大蔵であった。大蜘蛛が繭を切り裂く。

その中には美しい蝶がいた。

人の背丈ほどもある。そして、羽を広げると目も眩《くら》む燐光《りんこう》が松明の灯りを圧してあ

たりに満ちた。

「あれが……」

炎を消し、自らを縛る繭を風に舞わせ、そして身にかかる蜘蛛の糸を光と化して宙に消した。その鱗粉が鎌足の体にもかかる。一粒は小さいが、ふわりと温かく良い香りがした。それは鎌足も良く知る、山の香りだ。

懐かしさと、そして体の芯が震えるような恐怖を伴った芳香《ほうこう》こそが、古き者の放つ香りなのだ。鎌足は燐光の向こうに眩ゆく見える朧《おぼろ》な人影を凝視した。

あれが都祁の民を統べる少年、神と同化して異様な力を発揮する古き民の長だ。

だが、見つめているうちに、鎌足は腹の底が冷えてきた。

そこには、長年生死を共にしてきた主君の姿がもう一つ、現れていた。

五

「中大兄さま……」

はっとなって振り返ると、そこには愕然とした表情で棒立ちになっている中大兄の姿があった。だが、光の蝶の羽を背負った中大兄は誰かを連れていた。両手にそれぞれ、幼子の手を握っている。

大峯の山に入ったまま、しばらく姿を消していた大海人皇子と鸕野《うのの》讃良皇女である。鎌足は急いで近づこうとして、中大兄に止められた。

「あの偽者から皇子たちを取り戻さねばなりません」

大蔵が慌てていたが、中大兄はかえって落ち着きを取り戻していた。

「私の姿を真似て目の前に現れるような方は、一人しかいない。かつて雄略帝《ゆうりやくてい》が葛城《かつらぎ》の山に参った時、似姿《にすがた》となって戯れかけてきた神だ」

中大兄は頭《こうべ》を垂れ、

「一言主《ひとことぬし》さまのお出ましにご挨拶申し上げます」

と恭しく述べた。中大兄の姿をしていた一言主が元の大木の根こぶのような姿へと戻る。一言主が手を離すと、大海人と讃良は駆け寄ってきて中大兄に抱きついた。その周りを二人の童子が喜び踊っている。

鎌足は同じく頭を垂れながら、

「保呂は、都祁の長はどこに行った！」

と大蔵を叱りつける。葛城の神の姿を見て平伏していた大蔵はゆっくりと立ち上がり、

「すぐに見つけてやります。一言主さまを誑《たぶら》かすとは不遜《ふそん》極まりない！　やはり古き民は滅ぼすべきです」

と大蜘蛛に指を突き付けた。だが突き付けた指先は震えている。土蜘蛛は一匹ではなく、二匹に増えていたからだ。

「な……」

動揺を見せる大蔵の前で、二匹の土蜘蛛は激しく組み合った。

「土蜘蛛の神は二柱いるのか」

中大兄の問いに、鎌足は首を振った。耳が破れんばかりの激突音が何十度と続き、やがて一方がもう一匹を押さえ込んだ。

「古き民はここで封じねばなりません」

大蔵は声を励まし、符陣を開く。宙に舞った無数の符が円陣を組み、巨大な呪禁の結界が浮かび上がった。

だがその図の前に、一言主がのっそりと立った。

「な、何を……」

一言主は常に固く閉ざしているくちびるをゆっくりと開いた。そして、言葉を失ってたちすくむ大蔵に背を向け、

「真よ」

とぼそりと言った。

組み敷かれている方の土蜘蛛の体がぐにゃりと歪む。

それまで太い脚に見えていた部分も、蜘蛛の太い胴体であった場所も、ゆっくりと縮んでいく。

黒鋼《くろがね》の硬さを誇っていた外殻が柔らかな肌へとなり、そして全てが人の形へと変わっていった。

鎌足はその力を見て瞑目する。鎌足は神の力を疎《うと》ましいと思ってしまった。真を告げるのは、政を統べる者であるべきなのに。

「そこの連中、賀茂の者たちだな。化けていたのか」

中大兄が冷たい視線を大蔵に向ける。

「これは……古き者たちの本性を暴くための罠なのだ」

弁解を始める大蔵の前に、長身の影がすうと浮かび上がった。

「下がってくれ」

小角が優しく言うと、今にも賀茂の者たちを牙にかけようとしていた土蜘蛛は、するすると下がって土の中に消えた。

小角は腕の中に保呂を抱いている。その後ろには、広足が控えめに侍していた。

「都祁の長に比べて、賀茂の長は随分とあがくものだ」

役小角が、主であるはずの賀茂大蔵を見下ろしていた。

「貴様、何しにきた！　広足、こやつの悪事を皇子に訴えよ！」

名を呼ばれた広足の体が強張ったのが見える。だが、小角の眼差しを受けた広足は、大蔵ではなく土蜘蛛に化けた賀茂の人々に癒しの詞を唱えた。験者たちは口々に礼を述べて走り去り、小角は大きく頷いている。

大蔵は歯がみして小角を睨みつけていた。

小角の腕から下りた保呂は大蔵に一瞥をくれると、中大兄の前に立った。ほっそりとした少年であるが、その威風に皆が打たれていた。腹立たしいが、彼も王なのだ。

「強き国の皇子よ。我が命を奪い、古き民と神々を組み敷こうとする心を聞かせてもらいたい。我はあなたの心を知るために、一人飛鳥へとくだり来た」

保呂の声は静かに、その場にいる者たちの耳にはっきりと届いていた。

「私たちは一つの国にいる」

驚いていた中大兄であったが、威厳に満ちた声で応じた。

「一つの国とは？」

「豊葦原《とよあしはら》、大八洲《おおやしま》、日本である」

「そのような国は知らぬ」

保呂の言葉に鎌足は苛立った。既に数百年の長きにわたって、大和から派された国造《くにのみやつこ》、評司《ひょうじ》が各地を治めている。都祁も古き者たちに任せてはいたが、神武《じんむ》の昔から都祁直《つげのあたい》として服従《ふくじゅう》してきた建前のはずだ。鎌足の心を受けるように、

「あらゆる野に道を通して国造を派し、国府を置き、教化に努めている。いまや我ら朝廷に従わぬ者は大なる日本を乱す者である」

と中大兄は断言した。まさにそうだ。神であれ人であれそうあるべきなのだ。しかし、保呂は中大兄を見つめて首を振った。

「飛鳥の皇子よ、あなたは間違っている。あらゆる野に役人を置いたが、では峰々はどうか。海はどうか。野とはいっても、北はどうか。まだあなたは全てを統べたとは言えない」

「その全てを通じさせるよう大道の建設に力を尽くしている。そのために、私たちは乙巳の事を起こして蘇我から政を取り戻したのだ。大王のもとに力を合わせれば、この日本はさらに強くなり、民は豊かになるだろう。これまで峰々に分かれ住んでいた者たちも含め、私に力を貸すのであれば、さらなる繁栄を手にできるのだ」

中大兄の声には熱がこもった。

「その繁栄は誰のものか。誰が望んだものか。我らは古きより住まいし美しき地を、誰とも争わず保ちたいだけだ」

保呂の声には懇願の響きがあった。

「誰とも争わないと言いながら、各地の古き民と結託しているのはどういうことだ」

「そのようなことはしない」

「各地で兵を挙げ、我らに弓を引こうとしている。都に鬼を放って乱そうともしている。お前の言葉には偽りがある」

「偽りなど言わぬ」

大和の王に、保呂は堂々と相対していた。だが、それは許されないことなのだ。

「平穏を守るために、その企みの首謀者であるお前にはその罪を償ってもらわねばならないのだ」

鎌足が厳しい声で言うと、その背後に一軍の兵が姿を現した。甲冑に身を固めた将兵の先頭には、石川麻呂がいる。彼一人が弓を引き、その矢先は保呂を狙っていた。

「各地の古き民の動きは既に各地の国造の率いる軍が抑えつつある。世迷言は止めよ！」

六

石川麻呂が威圧と恫喝《どうかつ》を込めて保呂を睨みつけた。広足は思わず身を縮めたが、保呂は怯えも恐れも見せず、すっと背筋を伸ばして彼に対した。

「偽りの口実をつけて抑えつけられるほど、山に住む者たちは弱くない」

対する保呂の声は静かではあったが、広足はその威に打たれた。

「お前たち山に住まう古き民が思うほど、里の兵も弱くないのだ。長きにわたって矛を磨き、弓を鍛え、戦いの中に身を置いてきた。侮るな」

中大兄は兵を励ますように言ったが、押されているようにも見える。

「侮ってはいない。ただ、難癖《なんくせ》をつけて無用な戦を仕掛けてきて欲しくないだけだ」

自分よりはるかに幼い保呂の落ち着いた口調に、中大兄たちの方が先に苛立ちを面に表してしまった。鎌足がそれを見て一歩前に出た。

「言い分はあろうが、朝廷への反乱はそれだけで大きな罪だ」

「もう一度言う。我らは誰にも反していないし弓も引いていない。我らが戦うのは、これまで大切に守っていた山と川に踏み入られた時だけだ」

「兵を挙げようとしたことが明白であれば、山にも川にも入る。それが朝廷である」

話が堂々巡りに陥《おちい》りかけた時、小角が石川麻呂に言葉をかけた。

「そろそろ出してくれたらどうだ。皇子の名誉を守りたいにしても、詐術《さじゅつ》を使って作る発展などたかが知れている。朝廷を守る心を持つあなたが向ける鏃の先は、保呂ではないはずだ」

石川麻呂は表情を消したまま事の推移を見守っていたが、やがて部下の一人に耳打ちした。

軍の中から縛りあげられた一人の男が姿を現す。

広山頭であった。

彼は大蔵に助けを求めるが、大蔵は狼狽《ろうばい》したように顔を背けた。

広足は怒りと共に口を開きかけて、小角の異変に気付いた。

小角の背後に、黒く巨大な影が現れた。人に似て人でなく、甲冑に似た凹凸をその肉体に持ち、長い手をだらりと地面に付けている。

「お、鬼……！」

昨今都を恐怖に陥れている怪物の姿に、兵たちの多くが悲鳴を上げて逃げ出した。石川麻呂が怒鳴ってもその足は止まらない。

「彼女は人を喰わない」

そう小角が言っても、兵たちは右往左往している。

「深き山で子供たちと共に静かに暮らしていた彼女らの力を見抜き、父鬼に都の人の味を教えた者がいた。山の人々は山の神や妖が里の人に迷惑をかけることを好まない。逆もそうであるようにな。だが、父鬼を都に引き込んだ者は異国の術を修めて神喰いとして山に入り、神を騙してその力を喰らおうとし、山を荒らした。神の力を喰らうという技は、成功しなかったようだがね」

静かな小角の言葉に、広足をはじめ皆が聞き入っていた。逃れようとした大蔵の周囲を、一言主、比羅夫、老、洗糸、そして蹴速が取り囲んでいる。

「困った大峯の民は、善悪と真贋《しんがん》を一言のもとに断じてくれる神の力を借りた。だが、その正体を知って一言主神も困った」

ああ、だからかと広足は納得した。一言主が賀茂役である小角に対して敵意を抱いているかのように見えたのは、神喰いの正体を見抜いてしまったからだ。

皆の目が一斉に一言主に向けられた。岩塊のような顔をした神は、人々の視線を受けてもじっと黙っている。

「長く自分を奉じてくれた人々への思いが、この神をして大蔵を追い詰めることをためらわせた」

「一言主さまを奉じるといえば」

中大兄の視線が大蔵に向けられる。

「お前が山の神々の力を我がものにしようなどと不遜なことを考えたのか」

「国の、ためです……」

大蔵は蒼白になりつつ、まだ威厳を捨てようとはしなかった。一言主がぎらりと目を光らせて大蔵を見た。

「大蔵よ、人の前に偽りを並べるのは見抜かれぬ限り許されよう。だが、一族が奉じる神を裏切るような言葉を発してもよいのか」

小角の言葉に大蔵はくちびるを噛む。

「これはすべて皇子のためです。古き民を滅ぼさねば、この天下は朝廷のものとなったとは言えますまい。野を束ね、人を治め、山を抑え、そして神々をまとめるには、古き神を奉じる人々を山から引きずり下ろさねばなりません。そのためには私が山の神を喰らえばいい。そして俺が誰よりも尊い神になればいいのだ！」

必死に言い募った大蔵が保呂に飛びかかろうとするその前に、小角が立ちふさがった。

「私に己の企《くわだ》てが阻まれるのを嫌うあまりに、一人の娘を……」

ぐわ、と小角の肉体が怒りに膨れ上がる。広足はその怒りに自分の心が共鳴していることを感じた。

次の瞬間、小角は大蔵を投げ飛ばして踏みつけていた。

「その魂をなぶりものにした。だが、お前の小細工で私を止められるものか」

大蔵は憎悪のこもった視線を小角に向けた。

「俺の力で、賀茂は栄える。賀茂が栄えて朝廷が力をふるう。それの何が悪い。小娘一人の命に何の価値がある。そもそも貴様は俺の役だろうが！　大人しく命に服せ」

「何の咎《とが》もない娘の魂が悲しみの中で朽ちていく上に立つ栄華など！」

振り上げられた拳に、殺気が漲る。怒りの鬼神がそこにいた。

誰もが足を竦《すく》ませ、動けないでいる中で、広足は思わず一歩を踏み出していた。

「……何故止める」

涙が止まらなかった。怒りも渦巻いている。だがその渦に巻き込まれることを、心のどこかが拒んでいた。

蘆日《あしび》の明るい笑顔が脳裏に甦る。鬼の優しさを告げて死の世界へ旅立った友の心を受け継がなければならない。

「小角さま。私たちがすべきことは、虹をかけることではありませんでしたか」

「…………」

鬼の形相になりかけていた小角が、ゆっくりと、いつもの穏やかな顔に戻っていく。

「……見事だ、広足」

大蔵は小角の力の緩んだ足もとから逃れると、鎌足ににじり寄った。

「鎌足さま、もう一度お願いします。神や妖、古き人々に関わる一切を私にお任せ下さい」

「願う相手が違っているぞ」

小角は冷笑を含んだ声で言った。

「何をぬかすか。皇子を動かしているのはこの男だ」

「だ、そうだな」

小角に視線を向けられた鎌足は、避けずに受け止めた。

「大蔵よ。己の望みの赴くままに動いているようで、全ては鎌足の差配だったとしたら？　里に鬼を呼び、山の神をお前に喰らわせ、里と山の間を険悪にして戦の種をまく。その企てが失敗しても、責は大蔵ひとりにあるのだから、朝廷は傷つかない。私たちの動きは予想外であったようだがな。大蔵、お前こそが棋の駒にされていたんだよ」

「そんなばかなことがあるものか！」

だが鎌足は、冷厳な表情で大蔵を見下ろしているばかりであった。青ざめて立ち上がった大蔵は、よろめきながら立ち去る。

「憶えておくがいい。私に全ての峰、古き神と人を任せておけばよかったと、そのうちに後悔することになる！」

そのまま、飛鳥の闇の中へと大蔵は消えようとした。だが小角が、「広足！」と叫んだ。

小角の声に呼応するように、広足の心に灯りがともった。灯りの輝きがやがて槍へと姿を変える。本当の「天日槍」は滅ぼすためにあるんじゃない。それを大蔵に知ってもらうのだ。

広足は「山のものは山へと！」と言うなり槍を掲げ、大蔵の背中に投げつけた。槍は輝きながら鈍い音と共に大蔵にぶつかった。

「風早《かぜはや》、国常立《くにのとこたち》、山の友を迎えよ！」

小角の声に応じるように地響きがして、鎌足の前の地が盛り上がり巨岩が現れた。その上にがっしりとした神が座っている。

国常立が右手を上げると、大蔵の行く手に巨岩の壁がたちふさがる。さらに、強い風と共に空がかき曇った。広足が見上げると、そこにはとてつもなく大きな羽がはばたいていた。

「風早さま！」

「見ていたぞ、広足。さすがは小角が見込んだだけはあるのう」

巨大な鷹は広足を見て、目を細めた。

立ち止まった大蔵は喉を押さえて悶え苦しんでいる。よろめきつつ逃げようとするが、その口から何かが飛びだした。十数個の光が姿を現し、やがて人に似た形となった。

互いに顔を見合わせている彼らを見て、

「敬せよ」

と命じつつ中大兄が拝跪した。鎌足たちも急いでそれに合わせる。

「さあ、あるべき場所に帰ろう」

国常立の呼びかけと共に、大峯の神々は風早の羽に乗り込み、南の山塊へと飛び去った。

神を吐きだした大蔵は、よろめきつつ逃げていく。

捕らえよ、と命じかけた石川麻呂を皇子が制した。

「今はもっと大切なことがある」

気まずい顔をした中大兄と、顔を紅潮させている鎌足、そして冷たささえ感じる無表情で立っている小角の三人を中心に、飛鳥の人々と山の人々が相対する形となった。

「この度のことは、大蔵が先走ったということになろう」

最初に皇子が口を開いた。

「皇子、あなたと、全ての筋書きを描いた鎌足に責めはないのか？」

小角の口調は厳しく、場の空気が緊迫した。

「責めがあるとすれば、私にある」

鎌足は苦々しげに言った。己の非を認めるとは、意外だった。

「責めがあるなら償いもあるだろう。都祁の民は余計な疑いを抱かれぬように、全員が山奥に隠れて身を慎んだ。洗糸たちも、偽の土蜘蛛を倒すために都まで出てきて戦ったのだぞ」

容赦なく小角は追及する。

「どうすれば償いとなるのだ」

じっと黙っている皇子に代わって、鎌足が言った。皇子は弟である大海人、娘である讃良と手を繋いでいる。

「山に手を出さないでいただきたい」

反駁しようとする鎌足を、皇子が制した。

「天の下、野も山も等しく国の一部である。大道によって一つとなった我が日本は、これより唐や新羅《しらぎ》といった大陸の国々と肩を並べ、そして追い抜いていくのだ。小角、お前一人の自由を許すのとはわけが違う」

皇子の声は神がかったように熱を帯びている。だが、広足は声を上げて否定したかった。その理想のために、どれだけの人々に辛苦がかかるのだろう。

対する小角の声は悲しげであった。

「よそから持ち込んだ考えで装えば無理が出る。多くの者が傷つき、この騒ぎとは比較にならぬほどの悲劇が起きると何故わからないのだ。強い国、大きな国など、悲しみしか生まない。強さの上に立った民の幸せなど幻に過ぎん。私は知っているのだ」

「何故そんなことが言える。小角は唐や天竺《てんじく》をその目で見たことがあるのか？」

「私は天竺の竜樹師《りゅうじゅし》に教えを受け、唐のあらゆる神仙と交わって術を修めた」

中大兄と鎌足は顔を見合わせた。

「そのような大きなことを」

「どう思おうが勝手だが、唐も天竺も大なる国を目指す連中がぶつかり合って数十年おきに大戦だ。それは人が大道とやらを築き、己の分を超えて他人の領域へと手を伸ばし、ぶつかり合うことで生じる。だが、この国ではまだ間に合う。野の人、山の人、海の人、それぞれが神と家族を守って静かに暮らす領域が広く残されているのだ」

「それは古き考えなのだ。我らは新しきに向かって進まねばならん。共に大道を歩むのだ」

鎌足が諭すように言った。

「大なること、強きこと、新しきことは小さな不幸を呼んだとしても、大きな幸せを生みだすのだ。我らにはその方策がある」

中大兄も言葉を継ぐ。小角はしばし瞑目し、ため息をついた。

「我らは見ている。あなたたちの言葉に、もし傲慢と欺瞞《ぎまん》があれば、山の神々と人々はふさわしい報いを与えるだろう」

その言葉に中大兄は大きく頷いた。

「兄上なら心配いらないよ！」

大海人が力強い声で叫んだ。その傍らでは蹴速が頼もしげに頷いている。

「私たちが一緒だもの」

と讃良もそれに和する。幼い二人の声は、座の緊張をふっと和らげた。

「大海人と讃良は、山に入って神と人と鬼を見た。言葉を交わし、心を重ね共に時を過ごした。このような幼き者たちが朝廷にいるのであれば、我らも心強い」

小角の言葉に頷いた洗糸が、

「私たちはただ、平安な日々を望むことをお伝えしておきます」

そう言って中大兄に目礼し、大地に溶けるようにして姿を消した。保呂は飛鳥の東へと帰っていく。

「私たちも行こう」

小角が広足に手を伸ばし、広足は思わずその手を取っていた。

「ひろたりとったり」

「てのひらとったり」

とコンガラとセイタカが歌いはやす。広足が慌てて手を離すと、小角は代わりに童子たちの手を握り、中大兄たちに背を向けて山へと歩んでゆく。

後に続こう、と思って足が止まった。鬼の血を引き、古き民や神々とも、そして里の民を統べる皇子とも対等に言葉を交わす験者がそこにいる。彼の行く細く険しい道と、大化の国が築く広く大いなる道が交わろうとしている。

自分がとんでもない場所に立っているような気がして、広足の体は震えた。だが、小角の進む先に何があるのかを見てみたい。その気持ちが背中を押す。

小さくなりかけた小角の背中に向かって、彼女は駆けだした。

終章

広足《ひろたり》は久しぶりに、心穏やかな日々を過ごしていた。

「大騒ぎも一段落したけど」

山に帰るなり、いたずらを企む子供のような顔で小角《おづぬ》は言った。

「この先もここにいるかい？」

と小角に念を押されたが、こんなに面白い男から離れるつもりは毛頭なかった。

「約束ですから、帰れと言われるまでいます」

それ以来、広足は前鬼《ぜんき》と名付けられた鬼の住処で、小角や山に住まう者たちの食事を作る毎日だ。

「広足の食事の出来で、神喰《かみく》いや人喰いが跋扈《ばっこ》するか決まるんだよ」

などとからかわれるが、調理と飯炊きは以前と比べて楽しく、やりがいのあるものになっていた。神々は広足の神饌《しんせん》を食べると力が湧《わ》いてくると誉《ほ》めてくれるし、他のものを喰らわねばならない妖《あやかし》の類ですら、広足の作ったものを口にすれば大人しくしてくれるのだ。

「でも、どうして私の作る食事は神にも妖にも喜ばれるのでしょう」

広足は不思議がったが、小角もそれはまだわからない、と首を振った。

「験者に術が、皇子に政《まつりごと》が、神や鬼に人智を越えた力があるように、広足の食には飛び抜けた何かがある。私がお前に興味を抱いた理由だよ」

「飛び抜けた何か……」

炊事に長けた手のひらを見つめる。

「その正体、少しずつ知っていけばよい。私と一緒に、ね」

小角がそう言ってくれるならそれでいいか、とも思う。小角の近くにいるだけで、その芳《かぐわ》しい山の香りに包まれているだけで、満たされるものがあった。

そんなある日、

「客が来るぞ。金峯山《きんぷせん》にいれば会えるだろう。土産《みやげ》は受けると伝えておいてくれ」

と朝餉《あさげ》の用意をする広足の背後から小角の声がした。振り向くとそこに姿は無い。

軽快な足取りで山道を下った広足は、金峯山の堂宇《どうう》の前で客人を出迎えた。

「小角どのにおかれては、玉置山《たまきやま》の奥にある峰に新たな修行場を開かれたとか。皇子《おうじ》はそのことを大変お喜びになり、祝いの品各種をお贈り下された。お納め願いたい」

「ご足労いたみいります」

二人の武人の表情からも、険しさが随分と消えたように思われた。このまま、平穏な時が続けばいいと心から願う。だが、里の民と山の民はぶつかり続けるだろうと小角は言っていたし、広足も悲しみと共に頷かざるを得なかった。

「小角さまはお二人から直接祝いの品を受け取りたいとお考えです」

「もとよりそのつもりです。吉野《よしの》で待つように言われたので、以前のようにここから先には進めないのかと」

「前は山の民も神喰いの騒動で気が立っていましたし、大海人《おおあま》さまたちも山の中にいたので、無用な軋轢《あつれき》を避けたいという小角さまのお考えでした」

「理解できます」

「今はむしろ、朝廷の人々の多くに山を知ってもらいたいと仰っています」

比羅夫《ひらふ》と老《おきな》は顔を見合わせた。

「鎌足《かまたり》さまに、山の地勢と兵力を詳しく探ってくるように命じられています」

しれっと比羅夫は言った。

「では、存分に見ていって下さい。私はこれから食事の用意です」

　と広足もごく普通に返した。山をどれほど調べられようと構わない。隠すことは何もないし、小角がいる限り害意を抱いた者が山に入れるわけがないのだ。身を翻した広足は、岩と木々の間を切り拓《ひら》いた狭い道を、軽《かろ》やかに駆けあがっていく。

　比羅夫はその後に続いた。広足の速さに比羅夫と老は軽々とついて行くが、もともと武人ではない荷担ぎの者たちは息を切らしている。

　気の毒に思った広足が、誰か手伝ってくれないかなと、山に声をかける。すると、樹上から二つの小さな影が飛び降りてきた。

「おい、ひらふ」

「ひらふ、おい」

　と歌うように言いながら、比羅夫たちの周りを飛び跳ねる。

「小角さまの眷属《けんぞく》である、コンガラとセイタカです」

　二人の童子《どうじ》は大きな行李《こうり》を軽々と頭上に差し上げ、重さを感じさせずさらに跳躍を繰り返した。

「に、おう」

「せ、おう」

「ひらふ、におう」

コンガラとセイタカは、荷を頭上に掲げたままあっという間に木立の中へと姿を消した。

「まさに目にも止まらぬ、だな……」

「あの二人の童子、役神《えんのかみ》なのですかな。人にしては尋常とは思えぬ身のこなしでした」

老も呆気にとられていた。急だが整えられた山道をしばらく行くと、山の中にしては広々とした平地に出る。ここが小角と広足が暮らす前鬼だ。

「こちらへ」

広足は、前鬼でもっとも大きな建物に比羅夫たちを案内した。杉の巨木から切った板で屋根を葺《ふ》いた、堂々たるものである。その窓がひとりでに開き、疲れた使者たちに涼風の恵みを与えた。

「ここを二人だけで？」

比羅夫が驚いた表情で建物を見上げていた。

「人は小角さまと私の二人ですが、ここを拓く時にはコンガラとセイタカや鬼たち、それにこの辺りの山の民が手伝ってくれましたからすぐに出来あがりました」

「そのうち大伽藍《だいがらん》でも建てそうだな」

「小角さまはここを、里から来た皆さんが山を知るための拠点にしようとお考えです」

「行場を作るというわけか。だがそれを山の民が許すかな」

「より互いを知れば、無茶を言いあうこともないだろう、と小角さまがお考えになったのです。疲れを癒してゆっくり山を見る場所があれば、考えも変わる、と」

「なるほどな」

比羅夫は息も絶え絶えになっている随員たちを見て納得したようであった。

「広足はすっかり山の民だな」

「ここにいると、里だ山だという違いは小さなことのように思えてきます」

実感をそのまま、口にした。

「で、小角はどこにいるのだ」

「お母さまに会いに行かれているのでしょう」

「小角の母がこの山の中にいるのか？」

「ええ。私もちらりとしかお見かけしたことはありませんが。では、皆さまはこのままお待ち下さい。せっかくですからお食事でも」

いや結構、と比羅夫が言う前に、老がいただきますと声を上げていた。

「わかりました。しばらくお待ち下さい。その間に小角さまも山を下りてくるでしょうから」

広足が厨房《ちゅうぼう》へ行こうとすると、比羅夫はふと思い立ったように調理を見せてくれないかと広足に頼んだ。

「構いませんよ」

厨房は広間に連なるように設えてあった。

広々とした厨房で、挙措《きょそ》の美しい若い娘が菓子の生地をこねている。

「土蜘蛛《つちぐも》の長《おさ》も小角に仕えているのか」

「いえ、一緒に神饌を学んでいるのです。山には多くの神がおられますから」

老は洗糸《あらいと》の美しい横顔に見とれている。

広足たちの手から花や鳥、兎などの形を模した餅が作られ、大きな鍋に入れられる。芳しい香りと心地よく乾いた音が広がり、比羅夫も鼻の穴を広げて嗅《か》いでいた。

「小角さまは唐菓子《とうがし》が大好きで」

広足が揚げ具合を見ている間、洗糸は神饌の盆を整えている。山海の贅《ぜい》を組み上げ、楼閣《ろうかく》のようであった。伽藍のようにすら見える。

唐菓子が出来あがり、大ざるに盛りあげられて神饌と共に運ばれていく。ずしん、と山が動いたような気がして、比羅夫たちが腰を浮かせた。子供の笑い声のような音も聞こえるが、峰に響くような大きな声だ。

広足にとって日常の音だが、随員たちは抱き合うようにして怯えている。

「食事にいらしたようです」

「食事にって、誰がだ」

「あの足音は……母鬼さんでしょうか」

「鬼だって？」

老は目を剝いている。他にも、鋭い風音や激しい雷鳴が轟いてくる。比羅夫たちは慌てふためいて空を見上げているが、小さな雲がぽつぽつ浮かぶのどかな風景だ。

「山の神さまたちもおいでになりましたね。さ、お二人もどうぞ」

比羅夫たちの前には、神饌の食材で作られたと思しきご馳走が並べられる。山鳥の焼いたものと堅魚《かつお》の干したものを中心に、瓜や蕪菜《かぶな》の炊いたもの、そして栗や胡桃《くるみ》も添えた。

「山の中なのに、豪勢なものだな」

顔が映りそうな程に磨き上げられた板敷の広間で、岩や巨木のようであったり、大蛇や羆《ひぐま》に似た姿をした神々、そして鬼たちが、広場に車座になって食事を楽しんでいる。老は神々が神饌を咀嚼《そしやく》する豪快な音に首を縮めながら、小声で比羅夫に言った。さすがに比羅夫は平静な表情を崩さず、箸を口に運んでいる。

「こいつら、敵に回すと恐ろしそうですなぁ」

「そうならぬよう、鎌足さまも心を砕いていかれるそうだ」

二人の会話を聞き、その努力が続けられますように、と広足は願いつつ、随員たちの食事の用意にもかかる。怯えていた随員たちであったが、酒を出してやるとやがてくつろぎ始めた。酒精の勢いもあってか、山の神に何やら話しかける者も出始めた。

先に食べ終わった比羅夫は、そんな随員たちを楽しげに眺めていたが、やがて、広間の横に建つ庵に興味を持ったようであった。

「こちらは？」

「どうぞご覧下さい」

広足は二人を案内する。そこは小角の瞑想の場の一つであり、書斎でもあった。奥が見えぬ程の広い堂宇の中には灯りがあちこちに光り、書物が端も見えぬほどに並んでいる。

「これも験力《げんりき》の類《たぐい》か……」

比羅夫が嘆息を漏らしている。老は一冊の書を手に取り、顔をしかめていた。

「これはどこの文字なんだろう」

広足が覗き込むと、漢字とは違う曲線で構成された文字がびっしりと書かれている一冊である。

「天竺のものでしょうか。ここ数年、熱中されているようです」

比羅夫が髭を捻りつつ感心していた。

「天竺で術を学んだというのも、あながち嘘ではないのか」

そこに、扉が開く音がした。

「やあ、いらっしゃい」

快活な声と共に、長身の験者が入ってきた。

「新たに山を開かれた祝いを」

と言いかけた比羅夫の言葉をさえぎって、小角は長い腕を伸ばして二人の肩を摑んだ。

「新しくできる難波宮《なにわのみや》にとてつもない妖が現れたと母上に聞いてきた。これから談判《だんぱん》に行こうと思うのだが、一緒に来るか？」

そうして、広足に顔を向ける。

「広足もだ」

「もちろんご一緒します」

微笑んで、広足は頷いた。

解説

縄田一男（文芸評論家）

本書『まほろばの王たち』は、日本ファンタジーノベル大賞を受賞し、ベストセラーとなった〈僕僕先生〉シリーズや、平成の「風太郎忍法帖」〈くるすの残光〉シリーズ等、数々の人気作を抱える仁木《にき》英之《ひでゆき》の描いた最も美しい小説の一つである、といえる。

今回、本書の解説という白羽の矢が私にたったのは、多分、作者が、私が日本経済新聞の二〇一四年三月十二日に書いた書評を憶《おぼ》えてくれていたからではないか、と思う。

この書評、本書への入門としては、ちょうど良い按配《あんばい》となっているので、ここに書き写しておくのも一興だろう。

たまさか書店でこの一巻を見て、お買い求めになったあなたは、幸せな人だといえよう。

緑が眼にしみるような谷口博俊の装幀《そうてい》を見て、本書のテーマの一つがエコではないか、と想像された方は大正解である。

が、それだけではない。大化の改新から5年、中臣鎌足《なかとみのかまたり》が中央集権制を敷《し》こうと躍起になっている時代を背景に、作者は恐らく彼の時代ものとしては最高傑作というべき歴史ファンタジーを創りあげた。

都＝俗、山＝聖という構図の中で繰り広げられる役小角《えんのおづぬ》と物部《もののべ》の姫との冒険譚《ぼうけんたん》は、特定の時間軸を越え、私達の歴史——過去・現在・未来——を映し出す。特に作者が熱を込めて描いているのは高度経済成長期にはじまり、以後、これだけ経済的に痛めつけられても懲りない日本人の驕《おご》りと、図らずも冷戦復活が起こってもおかしくない世界の現状である。

が、この一巻は、あくまでも麗筆に乗せて紡《つむ》がれたファンタジーであり、理屈で説明しようとすると、かえってその奥深さが半減してしまいそうな気がしてしまう。

正に本書は2000年代の「もののけ姫」として読者を魅了し続けるだろう。

この書評にはこれっぽっちの誇張もない。

本書は、それほどの作品なのである。

ここからは、作品の内容に分け入っていくので、解説から先に読んでいる方は、このあたりで、是非とも本文の方へ移っていただきたい。

本書のヒロイン、広足《ひろたり》は、物部の姫で、秘宝・天日槍《あめのひぼこ》を受け継ぐ存在。後に乙巳《いっし》の変では中大兄皇子《なかのおおえの》につき、物部氏を滅ぼした石川麻呂《いしかわのまろ》がいうように、「世が世なら、お前は物部の姫として皇子の妃となっていたかもしれん。だが今は、験者《げんじゃ》小角の弟子として」云々と断じられる境遇。

物語は、野に下って暮らしているこの広足の家が火事にあい、賀茂《かも》の族長で、飛鳥《あすか》の治安を任されている験者の長、賀茂大蔵《おおくら》の庖丁＝料理人となることでスタートする。

ところが、妖《あやかし》を消し、蘇我《そが》の神を滅ぼし、古えの神を痛めつける大蔵を見て、広足は、敵に治癒の呪文を唱えてしまう。

形勢が逆転し、瀕死《ひんし》となった大蔵は、賀茂の験者、役小角に助けを求めるが、その代償として広足を所望される。

かくして、前述の書評に記されたような、都＝俗＝中臣鎌足・賀茂大蔵、山＝聖＝役小角・広足という二つの極が成立する。

ここで、文献に記されている役小角のことを記しておくと、まず古いものでいえば

『続日本紀《しょくにほんぎ》』――。

七世紀末に大和《やまと》国葛城《かつらぎ》を中心に活動した呪術者。生没年不詳。修験道の開祖。六九九（文武三）年朝廷は、小角を伊豆《いず》国に流した。葛城山に住む小角は、鬼神を使役して水をくませ、薪を集めさせるなどし、その命令に従わなければ、呪術によって縛《しば》る神通力の持主として知られていた。が、弟子の韓国連広足（からくにのむらじひろたり）が、師の能力をねたみ、小角が妖術を使って世人を惑わしていると朝廷に訴えたために流罪が行われた。

葛城山一帯には、古くから一言主《ひとことぬし》をまつる勢力が蟠踞《ばんきよ》し、大和朝廷に対して微妙な関係にあったと考えられるが、小角はその葛城山に住む呪術師であり、広足はその名から考えて、外来系の呪術師であったと想像される。

また、『日本霊異記《にほんれいいき》』では、小角を、当時貴族社会に広まりつつあった密教の行者として説明しようとしているが、同時に古くからの山岳信仰や道教など、いわば、当時の反体制的な諸信仰をあわせた行者として描き出しており、後世の役小角の説話や伝説のもとになった、とある。

その延長線上に本書もあるわけだが、こうした文献からうかがえる小角像を見ると、作者が自身のテーマに合わせて、かなり大胆な解釈を行っている、ということができるのではあるまいか。

前半から半ば過ぎまでは、大和朝廷の中央集権策、すなわち、抗うものは、すべて平らげて、どこまでも道を通す——中大兄皇子の弟、後の天武《てんむ》天皇である大海人皇子《おおあまのおうじ》の「これからは山も里もないんだ。大道で繋《つな》がったこの日本に暮らす者は、皆朝廷のために働かなきゃならないんだよ」という考えが、これを象徴していよう。

これに対して、山の民も里の民も、鬼も妖も、神も、皆、別け隔てなく住むことのできる世、すなわち、権力からアンタッチャブルである中立的立場を取ろうとする役小角は、「虹をかけるのさ。決して消えない架け橋を」といい、

「あの道のおかげで都は豊かになる、との話を聞いたことがあります」

と疑問を投げかける広足に、

「都が豊かになるとして、それは誰かの豊かさを奪っているからだと思わないかな」

と、決定的な一言を投げかける。

そして、大峯《おおみね》に眠る古えの神、風早《かぜはや》もいう
「だが、人という生き物はどうにも矮小《わいしょう》だな。もっと悠然と、天地にある全てと時を分け合い、楽しめばよいのに」

と。

本書は「エソラ vol.15」に『役立の小角』という題名で掲載され、単行本化に当たり、加筆修正。『まほろばの王たち』と改題され、二〇一四年三月四日、講談社から刊行された。

ちなみに、まほろばとは、すばらしい国、住みやすい場所という意味である。このように、本書の題名には、私たちの過去・現在・未来に対する理想がこめられている、といってよいのではあるまいか。

そして、本書は、発表されて五年、滅多に文学作品が手に入れられないもの――普遍性を手に入れつつある。

書評で記したエコに関していえば、私たちの住む地球は、近年、ますます、自然現象に関しておかしくなっており、本書における「山の民」の問題は、近年の移民問題等と重ね合わせることができる。

その意味で本書は、まぎれもないレジスタンスの一巻である。しかし、これほど美しいレジスタンスの本がこれまでにあったろうか。

本書は、間違いなく、〝まほろばの書〟といえよう。

本書は二〇一四年三月に、単行本として小社より刊行されました。
文庫化にあたり、加筆・修正しました。

|著者|仁木英之　1973年大阪府生まれ。信州大学人文学部卒業。2006年『夕陽《せきよう》の梨　五代英雄伝』で第12回学研歴史群像大賞最優秀賞、『僕僕先生』で第18回日本ファンタジーノベル大賞を受賞。他の著書に「僕僕先生」シリーズ、「千里伝」シリーズ、「五代史」シリーズ、「くるすの残光」シリーズ、「黄泉坂案内人」シリーズ、「ちょうかい　未犯調査室」シリーズ、『真田を云《いい》て、毛利を云わず　大坂将星伝』(上・下)、『千夜と一夜の物語』などがある。

まほろばの王《おう》たち

仁木英之《にきひでゆき》

© Hideyuki Niki 2017

2017年10月13日第１刷発行

講談社文庫

定価はカバーに
表示してあります

発行者──鈴木　哲
発行所──株式会社　講談社
東京都文京区音羽2-12-21　〒112-8001
電話　出版（03）5395-3510
　　　販売（03）5395-5817
　　　業務（03）5395-3615

デザイン──菊地信義
本文データ制作──講談社デジタル製作
印刷───豊国印刷株式会社
製本───株式会社国宝社

Printed in Japan

落丁本・乱丁本は購入書店名を明記のうえ、小社業務あてにお送りください。送料は小社負担にてお取替えします。なお、この本の内容についてのお問い合わせは講談社文庫あてにお願いいたします。

本書のコピー、スキャン、デジタル化等の無断複製は著作権法上での例外を除き禁じられています。本書を代行業者等の第三者に依頼してスキャンやデジタル化することはたとえ個人や家庭内の利用でも著作権法違反です。

ISBN978-4-06-293781-8

講談社文庫刊行の辞

二十一世紀の到来を目睫に望みながら、われわれはいま、人類史上かつて例を見ない巨大な転換期をむかえようとしている。

世界も、日本も、激動の予兆に対する期待とおののきを内に蔵して、未知の時代に歩み入ろうとしている。このときにあたり、創業の人野間清治の「ナショナル・エデュケイター」への志を現代に甦らせようと意図して、われわれはここに古今の文芸作品はいうまでもなく、ひろく人文・社会・自然の諸科学から東西の名著を網羅する、新しい綜合文庫の発刊を決意した。

激動の転換期はまた断絶の時代である。われわれは戦後二十五年間の出版文化のありかたへの深い反省をこめて、この断絶の時代にあえて人間的な持続を求めようとする。いたずらに浮薄な商業主義のあだ花を追い求めることなく、長期にわたって良書に生命をあたえようとつとめるところにしか、今後の出版文化の真の繁栄はあり得ないと信じるからである。

同時にわれわれはこの綜合文庫の刊行を通じて、人文・社会・自然の諸科学が、結局人間の学にほかならないことを立証しようと願っている。かつて知識とは、「汝自身を知る」ことにつきていた。現代社会の瑣末な情報の氾濫のなかから、力強い知識の源泉を掘り起し、技術文明のただなかに、生きた人間の姿を復活させること。それこそわれわれの切なる希求である。

われわれは権威に盲従せず、俗流に媚びることなく、渾然一体となって日本の「草の根」をかたちづくる若く新しい世代の人々に、心をこめてこの新しい綜合文庫をおくり届けたい。それは知識の泉であるとともに感受性のふるさとであり、もっとも有機的に組織され、社会に開かれた万人のための大学をめざしている。大方の支援と協力を衷心より切望してやまない。

一九七一年七月

野間省一

講談社文庫 最新刊

松岡圭祐　**生きている理由**
史実の『はいからさんが通る』は謎多し。男装の麗人、川島芳子はなぜ男になったのか？

青柳碧人　**浜村渚の計算ノート 8さつめ**〈虚数じかけの夏みかん〉
街中に隠されたヒントを探す謎解きイベントで、渚を待ち受けていた数学的大事件とは？

林　真理子　**正　妻**〈慶喜と美賀子〉(上)(下)
徳川幕府崩壊。迫り来る砲音に、妻は何を思い夫は何を決断したか。新たなる幕末小説の誕生！

佐々木裕一　**公家武者 信平《のぶひら》**〈消えた狐丸《きつねまる》〉
心の傷が癒えぬ松姫《まつひめ》に寄り添う信平。武家になった公家、松平信平が講談社文庫に登場！

西村京太郎　**沖縄から愛をこめて**
陸軍中野学校出身のスパイたちは、あの沖縄戦で何を見たのか？　歴史の闇に挑む渾身作！

綿矢りさ　**ウォーク・イン・クローゼット**
私たちは闘う、きれいな服で武装して。誰かのためじゃない服と人生、きっと見つかる物語。

我孫子武丸　新装版　**殺戮にいたる病**
永遠の愛を男は求めた。猟奇的連続殺人犯の魂の軌跡！　誰もが震撼する驚愕のラスト！

木内一裕　**不愉快犯**
人気ミステリー作家の妻が行方不明に。殺人容疑で逮捕された作家の完全犯罪プランとは？

富樫倫太郎　**信長の二十四時間**
すべての人間が信長を怖れ、また討つ機会をうかがっていた。「本能寺の変」を描く傑作。

仁木　英之　**まほろばの王たち**
大化の改新から四年。物部《もののべ》の姫と役小角《えんのおづぬ》、古の神々の冒険が始まる。傑作ファンタジー！

梨　沙　**華《はな》鬼《おに》 2**
少女は知る、冷酷な鬼の心にひそむ圧倒的孤独を……。傑作学園伝奇、「鬼頭の生家」編。

講談社文庫 最新刊

連城三紀彦　女王(上)(下)
男には、自分がまだ生まれていなかったはずの東京大空襲の記憶があった——傑作遺作長編!

重松清　なぎさの媚薬(上)(下)
男を青春時代に戻してくれる、伝説の娼婦がいるという。性と救済を描いた官能小説の名作!

花村萬月　信長私記
信長はなぜ——? 生涯にちりばめられた〈謎〉を繋ぎ、浮かび上がる真実の姿とは?

平岩弓枝　新装版 はやぶさ新八御用帳(五)〈御守殿おたき〉
下谷《したや》長者町の永田屋が育てた捨て子は、大名家の姫なのか? 人々の心の表裏と真相は?

栗本薫　新装版 優しい密室
名門女子高で見つかった謎の絞殺死体とは? 伊集院大介シリーズの初期傑作ミステリ。

浜口倫太郎　シンマイ!
東京育ちの翔太が新潟でまさかの稲作修業。旨すぎる米〝神米〟を目指す日々が始まった!

町田康　スピンクの壺
生後4ヵ月で保護されたプードルのスピンクと、作家の主人・ポチとの幸福な時間。

海猫沢めろん　愛についての感じ
世界にはうまく馴染めないけれど君に出会うことだけは出来た。不器用で切ない恋模様。

日本推理作家協会 編　Love《ラブ》恋、すなわち罠〈ミステリー傑作選〉
恋の修羅ほど、人の心の謎を露わにするものはない。とびきりの恋愛ミステリー全5編!

マイクル・コナリー　古沢嘉通 訳　罪責の神々(上)(下)〈リンカーン弁護士〉
罪と罰、裁くのは神か人間か!? 最終審理での危険な賭け、逆転裁判。法廷サスペンスの最高峰!

ジョン・ノール他 原作　アレクサンダー・フリード 著　稲村広香 訳　ローグ・ワン〈スター・ウオーズ・ストーリー〉
デス・スターの設計図はいかにして手に入れられたのか? 名もなき戦士たちの物語!

多和田葉子
変身のためのオピウム／球形時間
解説＝阿部公彦　年譜＝谷口幸代

ローマ神話の女達と〝わたし〟の断章「変身のためのオピウム」。少年少女の日常が突然変貌をとげる「球形時間」。魔術的な散文で緻密に練り上げられた傑作二篇。

たＡＣ４
978-4-06-290361-5

中野好夫
シェイクスピアの面白さ
解説＝河合祥一郎　年譜＝編集部

人間心理の裏の裏まで読み切った作劇から稀代の女王エリザベス一世の生い立ちと世相まで、シェイクスピアの謎に満ちた生涯と芝居の魅力を書き尽くした名随筆。

なＣ２
978-4-06-290362-2

畑野智美　南部芸能事務所 season3 春の嵐
早見和真　東京ドーン
はあちゅう　半径5メートルの野望
早坂　吝《やぶさか》　○○○○○○○○殺人事件
早坂　吝　虹の歯《かみ》ブラシ〈上木らいち発散〉
浜口倫太郎　22年目の告白〈―私が殺人犯です―〉
浜口倫太郎　廃校先生
原田伊織　明治維新という過ち〈日本を滅ぼした吉田松陰と長州テロリスト〉
平岩弓枝　花嫁の日
平岩弓枝　結婚の四季
平岩弓枝　わたしは椿姫
平岩弓枝　花祭
平岩弓枝　青の伝説
平岩弓枝　青の回帰(上)(下)
平岩弓枝　青の背信
平岩弓枝　五人女捕物くらべ(上)(下)
平岩弓枝　はやぶさ新八御用帳(五)〈御守殿おたき〉
平岩弓枝　はやぶさ新八御用帳(六)〈春月の雛〉
平岩弓枝　はやぶさ新八御用帳(七)〈寒椿の寺〉
平岩弓枝　はやぶさ新八御用帳(八)〈春怨 根津権現〉
平岩弓枝　はやぶさ新八御用帳(九)〈王子稲荷の女〉
平岩弓枝　はやぶさ新八御用帳(十)〈幽霊屋敷の女〉
平岩弓枝　はやぶさ新八御用旅(一)〈東海道五十三次〉
平岩弓枝　はやぶさ新八御用旅(二)〈中仙道六十九次〉
平岩弓枝　はやぶさ新八御用旅(三)〈日光例幣使道の殺人〉
平岩弓枝　はやぶさ新八御用旅(四)〈北前船の事件〉
平岩弓枝　はやぶさ新八御用旅(五)〈諏訪の妖狐〉
平岩弓枝　はやぶさ新八御用旅(六)〈紅花染め秘帳〉
平岩弓枝　新装版 はやぶさ新八御用帳(一)〈大奥の恋人〉
平岩弓枝　新装版 はやぶさ新八御用帳(二)〈江戸の海賊〉
平岩弓枝　新装版 はやぶさ新八御用帳(三)〈又右衛門の女房〉
平岩弓枝　新装版 はやぶさ新八御用帳(四)〈鬼勘の娘〉
平岩弓枝　新装版 おんなみち(上)(中)(下)
平岩弓枝　老いること暮らすこと
平岩弓枝　なかなかいい生き方
東野圭吾　放課後
東野圭吾　卒業
東野圭吾　学生街の殺人
東野圭吾　魔球
東野圭吾　十字屋敷のピエロ
東野圭吾　眠りの森
東野圭吾　宿命
東野圭吾　変身
東野圭吾　仮面山荘殺人事件
東野圭吾　天使の耳
東野圭吾　ある閉ざされた雪の山荘で
東野圭吾　同級生
東野圭吾　名探偵の呪縛
東野圭吾　むかし僕が死んだ家
東野圭吾　虹を操る少年
東野圭吾　パラレルワールド・ラブストーリー
東野圭吾　天空の蜂
東野圭吾　どちらかが彼女を殺した
東野圭吾　名探偵の掟
東野圭吾　悪意
東野圭吾　私が彼を殺した
東野圭吾　嘘をもうひとつだけ

講談社文庫　目録

東野圭吾　時　生
東野圭吾　赤　い　指
東野圭吾　流　星　の　絆
東野圭吾　新装版　浪花少年探偵団
東野圭吾　新装版　しのぶセンセにサヨナラ
東野圭吾　新　参　者
東野圭吾　麒　麟　の　翼
東野圭吾　パラドックス13
東野圭吾　祈りの幕が下りる時
東野圭吾作家生活25周年祭り実行委員会　東野圭吾公式ガイド〈読者1万人が選んだ東野作品人気ランキング発表〉
姫野カオルコ　ああ、懐かしの少女漫画
姫野カオルコ　ああ、禁煙vs.喫煙
平野啓一郎　高　瀬　川
平野啓一郎　ド　ー　ン
平野啓一郎　空白を満たしなさい(上)(下)
平山　譲　片翼チャンピオン
百田尚樹　永　遠　の　0《ゼロ》
百田尚樹　輝　く　夜
百田尚樹　風の中のマリア
百田尚樹　影　法　師
百田尚樹　ボックス！(上)(下)
百田尚樹　海賊とよばれた男(上)(下)
ヒキタクニオ　東　京　ボ　イ　ス
ヒキタクニオ　カワイイ地獄
平田オリザ　十六歳のオリザの冒険をしるす本
平田オリザ　幕　が　上　が　る
ビッグイシュー 枝元なほみ　世界一あたたかい人生相談
久生十蘭　久生十蘭「従軍日記」
東　直子　さようなら窓
東　直子　らいほうさんの場所
東　直子　トマト・ケチャップ・ス
平敷安常　キャパになれなかったカメラマン(上)(下)〈ベトナム戦争の語り部たち〉
樋口明雄　ミッドナイト・ラン！
樋口明雄　ドッグ・ラン！
平谷美樹　藪　の　奥〈眠る義経秘宝〉
平谷美樹　居留地同心・凌之介秘帳 小倫敦の幽霊
蛭田亜紗子　人肌ショコラリキュール
樋口卓治　ボクの妻と結婚してください。
樋口卓治　続・ボクの妻と結婚してください。
樋口卓治　もう一度、お父さんと呼んでくれ。
樋口卓治　「ファミリーラブストーリー」
平山夢明　どたんばたん(土壇場譚)〈大江戸怪談〉
東川篤哉　純喫茶「一服堂」の四季
東山彰良　流《りゅう》
藤沢周平　新装版　春秋の檻〈獄医立花登手控え(一)〉
藤沢周平　新装版　風雪の檻〈獄医立花登手控え(二)〉
藤沢周平　新装版　愛憎の檻〈獄医立花登手控え(三)〉
藤沢周平　新装版　人間の檻〈獄医立花登手控え(四)〉
藤沢周平　新装版　闇の歯車
藤沢周平　新装版　市　塵(上)(下)
藤沢周平　新装版　決闘の辻
藤沢周平　新装版　雪明かり
藤沢周平　義民が駆ける〈レジェンド歴史時代小説〉
古井由吉　野　　川
船戸与一　夜《イエ》来《ライ》香《シャン》海峡
船戸与一　新装版　カルナヴァル戦記
藤田宜永　樹　下　の　想　い

講談社文庫　目録

松本清張　壬申の乱　清張通史⑤
松本清張　古代の終焉　清張通史⑥
松本清張　新装版増上寺刃傷
松本清張　新装版　彩色江戸切絵図
松本清張　新装版　紅刷り江戸噂
松本清張　大奥婦女記　〈レジェンド歴史時代小説〉
松本清張他　日本史七つの謎
松谷みよ子　ちいさいモモちゃん
松谷みよ子　モモちゃんとアカネちゃん
松谷みよ子　アカネちゃんの涙の海
眉村　卓　ねらわれた学園
眉村　卓　なぞの転校生
丸谷才一　恋と女の日本文学
丸谷才一　輝く日の宮
丸谷才一　人間的なアルファベット
麻耶雄嵩　翼ある闇　〈メルカトル鮎最後の事件〉
麻耶雄嵩　夏と冬の奏鳴曲《ソナタ》
麻耶雄嵩　メルカトルかく語りき
麻耶雄嵩　神様ゲーム

松浪和夫　警官魂　〈激震篇〉〈反撃篇〉
松井今朝子　仲蔵狂乱
松井今朝子　奴《やっこ》の小万《こまん》と呼ばれた女
松井今朝子　似《に》せ者《もん》
松井今朝子　そろそろ旅に
松井今朝子　星と輝き花と咲き
町田　康　へらへらぼっちゃん
町田　康　つるつるの壺
町田　康　耳そぎ饅頭
町田　康　権現の踊り子
町田　康　浄土
町田　康　猫にかまけて
町田　康　猫のあしあと
町田　康　猫とあほんだら
町田　康　真実真正日記
町田　康　宿屋めぐり
町田　康　人間小唄
町田　康　スピンク日記
町田　康　スピンク合財帖

町田　康　猫のよびごえ
舞城王太郎　煙か土か食い物　〈Smoke, Soil or Sacrifices〉
舞城王太郎　世界は密室でできている。　〈THE WORLD IS MADE OUT OF CLOSED ROOMS〉
舞城王太郎　熊の場所
舞城王太郎　九十九十九
舞城王太郎　山ん中の獅見《しみ》朋成雄《ともなるお》
舞城王太郎　好き好き大好き超愛してる。
舞城王太郎　SPEEDBOY!
舞城王太郎　獣の樹
舞城王太郎　イキルキス
舞城王太郎　短篇五芒星
松浦寿輝　花腐《くた》し
松浦寿輝　あやめ鰈ひかがみ
真山　仁　虚像の砦
真山　仁　新装版　ハゲタカ(上)(下)
真山　仁　新装版　ハゲタカII(上)(下)
真山　仁　レッドゾーン(上)(下)
真山　仁　グリード　〈ハゲタカIV〉(上)(下)
真山　仁　そして、星の輝く夜がくる

講談社文庫 目録

牧 秀彦　裂《れっ》帛《ぱく》〈五坪道場一手指南〉
牧 秀彦　凜《りん》々《りん》〈五坪道場一手指南〉
牧 秀彦　雄《ゆう》飛《ひ》〈五坪道場一手指南〉
牧 秀彦　清《せい》冽《れつ》〈五坪道場一手指南〉
牧 秀彦　美《び》剣《けん》〈五坪道場一手指南〉
真梨幸子　孤《こ》虫《ちゅう》症《しょう》
真梨幸子　深く深く、砂に埋めて
真梨幸子　女ともだち
真梨幸子　クロク、ヌレ！
真梨幸子　えんじ色心中
真梨幸子　カンタベリー・テイルズ
真梨幸子　イヤミス短篇集
真梨幸子　人生相談。
牧野修　巴亮介 漫画原作　ミュージアム〈公式ノベライズ〉
松本裕士　兄弟〈追憶のhide〉
円居 挽　丸太町ルヴォワール
円居 挽　烏丸ルヴォワール
円居 挽　今出川ルヴォワール
円居 挽　河原町ルヴォワール

松宮 宏　秘剣こいわらい
松宮 宏　くすぶり亦《また》蔵《ぞう》〈秘剣こいわらい〉
松宮 宏　さくらんぼ同盟
丸山天寿　琅《ろう》邪《や》の鬼
丸山天寿　琅《ろう》邪《や》の虎
町山智浩　アメリカ格差ウォーズ 99%対1%
松岡圭祐　探偵の探偵
松岡圭祐　探偵の探偵II
松岡圭祐　探偵の探偵III
松岡圭祐　探偵の探偵IV
松岡圭祐　水鏡推理
松岡圭祐　水鏡推理II〈インパクトファクター〉
松岡圭祐　水鏡推理III〈パレイドリア・フェイス〉
松岡圭祐　水鏡推理IV〈アノマリー〉
松岡圭祐　水鏡推理V〈ニュークリアフュージョン〉
松岡圭祐　水鏡推理VI〈クロノスタシス〉
松岡圭祐　探偵の鑑定I
松岡圭祐　探偵の鑑定II
松岡圭祐　万能鑑定士Qの最終巻〈ムンクの〈叫び〉〉

松岡圭祐　黄砂の籠城(上)(下)
松岡圭祐　シャーロック・ホームズ対伊藤博文
松岡圭祐　八月十五日に吹く風
松島泰勝　琉球独立宣言〈実現可能な五つの方法〉
松原 始　カラスの教科書
益田ミリ　五年前の忘れ物
三好 徹　政・財 腐蝕の100年
三好 徹　政・財 腐蝕の100年 大正編
三浦綾子　ひつじが丘
三浦綾子　岩に立つ
三浦綾子　青い棘《とげ》
三浦綾子　イエス・キリストの生涯
三浦綾子　愛すること信ずること
三浦明博　感染広告
三浦明博　滅びのモノクローム
宮尾登美子　新装版天璋院篤姫(上)(下)
宮尾登美子　新装版 一絃の琴
宮尾登美子　東福門院和子《まさこ》の涙(上)(下)〈レジェンド歴史時代小説〉
宮本 輝　ひとたびはポプラに臥す1〜6

2017年10月15日現在